はぐれ又兵衛例繰控【四】

密命にあらず

坂岡真

双葉文庫

目次

密命にあらず

はぐれ又兵衛例繰控【四】

釣り鐘小僧

一

師走十三日の恒例行事で楽しみなのは、煤払いを済ませたあとの胴上げであろう。

日頃から威張りくさっている古参の上役をつかまえ、みなで何度も宙に放ったあげく、磨きこまれた廊下の床に落としてやるのだ。怪我をさせてもおかまいなし、このときばかりは無礼講ゆえ、どれだけ手荒なまねをしようが大目にみられる。

南町奉行所で「はぐれ」と呼ばれ、みなから煙たがられている平手又兵衛も、胴上げには参じたいと朝から秘かにおもっていた。

狙う相手は、年番方筆頭与力の「山忠」こと山田忠左衛門である。

山忠はまさに「雪駄の土用干し」を絵に描いたような人物で、偉そうに胸を反らして上から物を言ってくる。又兵衛も廊下で擦れちがうたびに呼びとめられ、くだくだといつも説教された。

「のう、はぐれ、町奉行所にも盗人はおる。それはな、禄盗人じゃ。誰あろう、おぬしのごときうだつのあがらぬ与力のことよ。二百俵の御禄を頂戴しておきながら、日がな一日黴の生えた類例ばかり拾い集めておる。せめて、酒席にでも顔を出せば可愛げもあろうが、生来の人嫌いゆえか、さような気配りは毛ほどもみせぬ。ふん、朴念仁め。これだけ言うても響かぬようなら、今日からおぬしを禄盗人と呼んでつかわそう。ひゃはは、口惜しかったら、わしに少しは媚びを売れ」

まったく胸に響かぬものの、皮肉交じりの長舌を毎日のように聞かされていると、胴上げだけは参じねばというおもいが強くなった。

たいていのことには動じぬ又兵衛ですらそうなのだから、ほかの連中が抱いている不満は察するに余りある。それでも、山忠は配置換えの任を負っているため、表立って反撥する者はいなかった。

「今年こそは目にものみせてくれようぞ」

勇ましい台詞を口走る中村角馬は三つ年上の四十一、何があっても責を取らぬ部屋頭だが、根っからの悪人ではない。同心たちのまえではぞんざいな口をきくのに、内与力などから急の呼びだしがあると、おぬしが行ってくれと拝むような仕種をする。掛け値無しの小心者にもかかわらず、山忠の胴上げに闘志を燃やしているようなのだ。

「山忠め、去年は鬼の霍乱とか申し、雲隠れしおった。さすがに、二年つづけてずる休みはできなんだとみえる。くふふ、つい今し方厠で見掛けたのよ。小便が上手に弾けぬようでな、あれは齢のせいなのか、それとも脅えておるのか、決まりわるそうに笑った顔が米蔵を荒らす鼠にしかみえなんだぞ。山忠、ちゅうちゅう、ほれ、おぬしもまねてみろ」

ばかばかしいので背を向け、又兵衛は床の隅や小机の足を雑巾で拭きはじめた。

同心たちに迷惑がられても、一年の締めくくりとなる掃除だけに手抜きはできない。じつは、病ではないかと疑われるほどのきれい好きだった。小机のうえが散らかっていたり、あるべき位置にあるべき物がないと、居たたまれない気持ちにさせられる。

「きれい好きが出世できるわけでもあるまい」

あまりにもつきあいが悪いので、出世とは縁遠いやつだとおもわれていた。もっとも、格別に出世など望んでおらぬし、手柄を立てることにも興味が無いので、いくら陰口を叩かれても気にはならない。

「平手よ、おぬし、お役目に不満はないのか。たとえば、花形の吟味方へお役替えを願い出るとかはないのか」

「いっさい、ござりませぬ」

「ま、そうであろうな。聞いたのがまちがいであったわ」

口には出さぬが、例繰方の役目には誇りを持っており、七千余りある御仕置例類集の中味はすべて頭にはいっている。門外不出とされる御定書百箇条についても、命じられれば一言一句違えずにこたえられた。記憶のよさを鼻にかけたことはないので、上の連中で又兵衛の特技を知る者は少ない。知られたからといって、御禄が倍になるわけでもなかろう。

「それにしても、よくぞそこまで掃除に執着できるのう」

中村に皮肉られずとも、よくわかっていた。きれい好きの厄介な性分が影響しているのか、時折、道理から外れたことをする連中に堪忍袋の緒が切れる。理不尽きわまりない悪事を見過ごすことができず、相手がどれほどの大物であろうと、煤のごとく払ってやりたくなった。

月代を怒りで真っ赤に染めるすがたは、頭のてっぺんだけが赤い鷭にも喩えられる。「鷭の旦那」と親しげに呼びかけてくるのは、奉行所の門前にある水茶屋で油を売る甚太郎という小者だった。偶さか市中で破落戸どもに鉄槌を下す又兵衛の勇姿を見掛け、すっかり惚れこんでしまったらしいのだが、隠密行動を信条とする身には迷惑なはなしでしかない。

御用部屋の掃除を済ませて廊下に出ると、奥のほうから待ちかまえていたかのように裃姿の内与力がやってきた。のっぺりした顔に糸のような細い目、さらには酷薄そうな薄い唇、みるからに油断のならない物腰の人物は、町奉行筒井伊賀守の右腕と目されている沢尻玄蕃であった。

「平手、ちとよいか」

擦れちがいざまに、掠れた声を掛けられる。

「は、何か」

「御定書の第十八条を申してみよ」

「主殺し、親殺し、火付けなどの重き罪を除き、犯した罪は一年が経過すればすべて旧悪とみなされる」

淀みなく応じると、沢尻は満足げにうなずいた。

「ふむ、それでよい。晦日で旧悪となる一件がある。蔭間殺しじゃ」

「蔭間殺し」

「去年の師走、湯島天神の裏手で新之丞なる蔭間の屍骸がみつかった。おぬしなら、知らぬはずはあるまい」

「廻り方の覚書によれば、殺められた新之丞は宮地芝居の一座を仕切る座長でもあったとか」

「そうじゃ。いまだ下手人は捕まっておらぬが、緞帳役者の蔭間は帳外者ゆえ、殺めても重き罪とはみなされぬ。よって、年が明ければ旧悪となろう。されど、同様の殺しがみつかれば、はなしは別じゃ。いかなほとけが帳外者とは申せ、殺しは殺しゆえな。府内にて見過ごされた類例はないか、調べたうえで明後日の朝、詳細を携えてまいれ」

「は、かしこまりました」

沢尻は何もなかったような風情で去った。又兵衛の特技を知っているのだ。それにしても、役向きの内容を廊下の立ち話で命じられた情況に、胡散臭さを感じざるを得なかった。内々で調べておきたい一件なのかもしれない。

ともあれ、明後日まではしばしの猶予がある。焦って取りかかる必要もあるまい。

午前中は掃除の残りをやり、いよいよ胴上げの刻限となった。

「おらぬぞ、的は雲隠れしたようじゃ」

吟味方与力のひとりが同心たちに指示を出し、どうやら、山忠を捜させているようだった。

期待に目を輝かせた連中が、腕捲りしながら玄関脇の廊下へ集まってくる。

「みつけました」

「ぐふふ、さようか」

やがて、与力や同心たちがわいわい騒ぎながら、山忠の身柄を担いできた。

「炭小屋じゃ、炭小屋に隠れておったぞ」

まるで、秋祭りに担ぐ神輿である。

「神輿にしては、ちと軽すぎような」

かたわらの中村が舌舐めずりしてみせる。

「よし、まいるぞ」

中村に促され、又兵衛も胴上げの輪にくわわった。

「わっせ、わっせ」

褌を片肌脱ぎにした者までおり、押しくら饅頭の様相を呈してくる。

「よせ、手荒なまねはよせと申すに」

担がれた神輿は、半泣きで叫んでいた。

これこそ、目にしたかった光景だ。

「それ、放ってやれ」

誰かが嬉々として発し、みなが一斉に掛け声を合わせる。

「ひい、ふう、み、それっ」

放られた山忠は藁人形のごとく宙に舞い、落ちてきた途端にまた高々と放られた。三度目で天井に鼻がくっつくほどになり、下の連中は涎まで垂らして喜んでいる。日頃の恨み辛みがこれほどのものであったとは、正直、又兵衛の予想を遥かに超える負の力が渦巻いているようにも感じられた。

「つぎで落とすぞ」

みなは目と目で合図を交わし、神輿をいっそう高く放ってやる。

——がつん。

「ひゃっ」

床に落ちるよりもさきに、山忠は天井にぶつかって悲鳴をあげた。

集まった連中がさっと身を引くと、まんなかにぽっかり空白ができる。

——どしゃっ。

山忠はそのまま、床に落ちた。

と、おもったら、胡座を掻いた裃姿の人物が両手で抱きとめている。

「誰かが邪魔しおったぞ」

周囲は騒然となった。

大柄の与力が気絶した山忠を脇に寝かせ、むっくり起きあがってくる。

「あっ、古銅吹所見廻りの渡部半太夫さま」

叫んだ同心に向かって、渡部はぎろりと目を剝いた。

「おう、そうじゃ。商家でもあるまいに、かような悪ふざけは止めたほうがよいぞ。浦島伝説にもあろう。わしはな、弱った亀を寄って集っていじめる悪童のごときおこないは好かぬ。それゆえ、山田さまの窮地をお救い申しあげたのじゃ」

「戯言を抜かすな。媚びを売るためにやったのであろう」

ほかの与力が文句を言っても、渡部はまったく気にしない。

袴の裾をぱんと払い、堂々と胸を張って廊下の向こうへ去った。

胴上げに参じていなかった年番方の連中があたふたと駆けより、ぐったりした山忠の両手両足を抱えて奥へ運んでいく。

渡部の言い分にも一理あると、又兵衛はおもいなおした。

どれだけ憎たらしい相手でも、やってよいことにはかぎりがあり、一線を越えれば悪ふざけにしかならぬ。

だが、放屁すべき屁が引っこんだような後味の悪さは否めなかった。

集まった連中はしらけた顔で散り、廊下はさきほどまでの喧噪が嘘のように静まりかえる。

又兵衛も水鳥のごとく背を丸め、檜の香りたつ玄関脇から離れていった。

二

日の高いうちに御用部屋をあとにし、檜造りの玄関で雪駄履きになり、式台から三段の階段を重い足取りで下りると、又兵衛は襟を寄せながら寒気のなかへ踏みだしていった。

正門までは六尺幅の青板がまっすぐに延び、青板の左右には黒光りした砂利石が敷きつめられている。右手に聳える白洲、壁際の天水桶は流麗な山形に積まれていた。伊豆石を繋いで敷いた青板のうえには、鳩の糞ひとつ落ちていない。

又兵衛は左手の小門を潜り、町奉行所の外へ出た。

小砂利を踏みしめながら振りかえれば、黒い渋塗りに白漆喰の海鼠塀がぐっと迫ってくる。厳めしい門構えは権威の象徴、罪人でなくとも向きあえばおのれの小ささをこれでもかと突きつけられる。

――門に向きあう弱き者の気持ちを忘れるなよ。

出仕の初日、与力の先達だった亡き父に真顔で諭された。爾来、十数年にわたって毎日欠かさず、門に一礼してから帰路をたどる習慣だけは守っている。

通りを隔てた向こうには、訴人の待合にも使う葦簀張りの水茶屋が五軒ほど並んでいた。風にはためく萌葱色の幟には「名物みそこんにゃく」という文字が白抜きにされている。

常ならば、縞木綿に小倉の角帯を締めた甚太郎が「鶺の旦那」と、元気いっぱいに声を掛けてくるはずであったが、冷えこみが厳しいせいか、外に出てくる気配もない。下女奉公のおちよと懇ろになっているのは知っていた。ひょっとしたら、所帯を持つ気かもしれぬ。だが、こちらから尋ねたことはない。

声を掛けられれば鬱陶しいものの、声を掛けられぬとわかれば淋しい気もする。

又兵衛は肩を落とし、寒そうに歩きはじめた。

継裃に袴を着けた与力だけに、本来であれば挟み箱持ちや草履取りを待たせておかねばならない。若党に先祖伝来の槍を持たせて随行させる与力もあったが、又兵衛は面倒臭いので供人を従けていなかった。「武士の面目に関わることゆえ、お上の定めにしたがえ」と、上から小言を言われたときだけは小者を雇い、適当にごまかしている。もっとも、こうしたことに無頓着なのも「変わり者」とみなされる所以かもしれない。

霜月の終わり、又兵衛は静香と祝言をあげた。

どうしたわけか、千両役者の七代目市川團十郎が車鬢の鬘に筋隈の隈取りで八丁堀の屋敷にあらわれ、柿色素襖の衣裳をばっと左右に開くや、市井で絶大な人気を博す『暫』のつらねを立て板に水のごとく喋りきり、陽気に「やっとことっちゃ、うんとこな」と唄いつつ、六方の引っこみで退場していった。

團十郎が座頭をつとめた市村座のごたごたを内々に解決してやったお礼にと余興を演じてくれたらしいが、あの粋なはからいは夢だったのかもしれない。

「いいえ、まことの出来事にございますよ」

静香は笑って取りあわぬが、義父の主税はおぼえていないようだった。無理もあるまい。主税はまだら惚けが進み、今が師走のなかばであることも忘れている。

「あのご隠居、足腰はしっかりしておるではないか。自分で歩けるなら、それで充分であろう。娘婿の分際で贅沢や文句を言うものではないぞ」

剣術師匠の小見川一心斎は、深川の猿江町から散策がてら訪ねてきては偉そうに口走る。

贅沢や文句を吐露したことはないし、そもそも、こちらから嫁取りを望んだわけではない。強いのか弱いのかもわからぬ一心斎から、零落した旗本の娘と会ってみろと、なかば強引に見合いをすすめられた。独り身に不便は感じていなかったが、はなしの流れで静香を屋敷に住まわせることになり、引っ越しの当日になって、同居せねばならぬ老いた双親があることを知らされた。

「くふふ、はぐれのやつ、厄介事を背負いこみおった」

上役たちはさも嬉しそうに噂しあい、奉行所で顔を合わせれば「惚けの父御をだいじにせよ」と、あからさまにからかってくる。

世間の常で言えば、なるほど、騙されたようにしかみえぬだろうが、又兵衛はそうおもっていない。静香は気立てのよい娘だし、義母の亀は何かと気を使ってくれる。主税は気位の高い大身旗本の名残を引きずっているものの、行きつけの湯屋で背中を流してやれば昇天したような顔をする。十年前に亡くした実父をおもいだし、できなかった親孝行を代わりにしているのだとおもえば、奇妙な縁に感謝したくもなった。

煤払いは正月始めとも言われるとおり、市中はこの日を境に忙しなくなる。

又兵衛は沢尻に命じられた「蔭間殺し」の一件をおもいだし、帰路の途中でふいに方角を変えた。

楓川に面した常盤町の片隅に「鍼灸揉み療治　長元坊」と、金釘流の墨文字で書かれた看板がみえてくる。

「長助、邪魔するぞ」

敷居をまたぐと、幼馴染みの鍼医者が干涸らびた婆さまの腰に鍼を打っていた。

「又よ、何度言ったらわかる。長助と呼ぶな」

坊主頭の長元坊は眉間に皺を寄せ、鍼を打つ手に力を込める。

「痛っ……か、堪忍しとくれ」

じたばたする婆さまを八つ手のような掌で押さえつけ、長太い鍼を矢継ぎ早に打っていった。

長元坊とは隼の異称、鼠や小鳥を捕食するが、雉子や山鳥を狩る鷹狩りでは使いものにならない。それゆえ、馬糞鷹などという蔑称で呼ばれている。長元坊も蔑称にはちがいないのだが、人の意のままにならぬ猛禽の異称を元破戒僧の藪医者はえらく気に入っており、それを通り名にしていた。

「婆さまの療治を済ませたら、いいもんを食わしてやる」

顎をしゃくったさきの流しには、牡蠣が殻ごと積んである。

婆さまは針供養の豆腐並みにされたあと、すっきりした顔で帰っていった。

「な、終わりよければすべてよし。うちの患者はみんな、鍼で死んだら本望でござりますと、おれさまを神仏のごとく拝みやがるのさ」

長元坊は見掛けとちがって器用な男で、料理の腕前もなかなかのものだ。

「まずは小鍋に昆布を敷き、水を張って昆布だしで牡蠣の抜き身と豆腐をさっと煮る。

なるほど、こいつがな、たまらねえのよ」

長元坊が自慢するだけのことはあった。

ぷっくりした抜き身を柚子酢で食せば、肉汁と潮の香りが口いっぱいにひろがり、それだけで幸せな気分になる。

「下りものの新酒もあるぞ。さっきの婆さまがな、治療代がわりに置いていったのさ」

長元坊は五合徳利をひょいとかたむけ、ぐい呑みに冷や酒を注いだ。

又兵衛は肘を張ってぐい呑みを近づけ、口を尖らせながら嘗めるように味わう。

「ほう、こいつは満願寺だな」

「ご名答。そう簡単には味わえぬ代物よ。婆さまは酒屋の姑でな、二年前に亭主を病で亡くしてから、おれのところへ通いはじめた。何だか知らねえが、療治の合間に流し目を送ってきやがる。そのたびに長太い鍼をぶっ刺すか、灸を据え、煩悩をすっぱり断ってやる。ところが、何日か経って悶々としはじめたら、またぞろいそいそやってくるという塩梅でな、ひょっとしたら煩悩を捨てねえのが長生きの秘訣かもしれねえ」

長元坊は喋りながらも竈のそばで立ち働き、ぐらぐらに沸かした大鍋を抱えてくる。

鍋のなかを覗(のぞ)くと、積んであった牡蠣が殻ごと沈めてあった。

「殻が開いたら、さっと食う。作州(さくしゅう)の漁師が好む茹(ゆ)で牡蠣だぞ」

言われたとおり、殻が開いたところで身をつるんと食べる。

「美味(うま)い。こいつは止められぬ」

殻が開くたびに身を口に入れ、呑むほどの勢いで食べまくった。

牡蠣ずくめの仕上げは、平串(ひらぐし)に身を刺した味噌(みそ)焼きである。

腹はいっぱいなのだが、口のほうが際限なく求めてきた。

仕舞(しま)いには食べすぎて、身動きできなくなってしまう。

「又よ、家の飯がそれほど不味(まず)いのか」

「いいや」

そういうわけではないのだが、ここで相伴(しょうばん)に与(あずか)ると満ちたりた気分になる。

長元坊は牡蠣の殻を脇にやり、さりげなく聞いてきた。

「ところで、何の用だ。はなしがあるんだろう」

「わかるのか」

「あたりめえだ。寝小便を垂れていた頃からのつきあいだからな」

又兵衛は座り直し、げっぷをひとつしたあと、ぼそぼそ喋りはじめた。

「一年前の蔭間殺しだ。宮地芝居の座長が殺められた一件に心当たりはないか」

「あるさ。あるに決まっている」

長元坊が力を込めて応じるので、少しばかり驚かされた。

さらに驚かされたのは、つづけて放たれた台詞である。

「七日前、佐吉（さきち）っていう蔭間がほとけでみつかった。佐吉は一年前に殺められた新之丞の長男でな、年は十九だ。父親を亡くして一座は立ち行かなくなり、弟たちともども路頭に迷っていたらしい」

佐吉は一年も消息を絶（た）っていたが、冷たくなってみつかったのだという。

「そいつらを直（じか）に知っていたわけじゃねえ。一座の金主でもあった汁粉屋（しるこや）の女将（おかみ）が患者でな、泣きの涙で哀れな佐吉のことをはなしてくれた。たぶん、蔭間茶屋で身を売ったり、物乞（ものご）いをして食いつないでいたにちげえねえ。佐吉は見る影もなく痩（や）せていたそうだ。十五と九つの弟ふたりを残して、ひとりだけ逝（い）っちまったのさ」

「弟たちの行方は」

「わからねえと、女将は言っていた。でもよ、どうして与力のおめえが蔭間殺しを気に掛ける。腐れ役人どもは、帳外者が殺められたところで見向きもしねえ。

どうせ、調べるつもりなんざねえんだろう」

「いいや、調べるつもりさ。この蔭間殺しには裏がある」

「んなことはわかってらあ」

長元坊の投げやりな台詞に、又兵衛は食いついた。

「どういうことだ」

「教えてやろうか。佐吉の殺られた手口がな、父親のときと同じだったからさ」

「まことか」

「嘘だとおもうんなら、おもんのところへ行ってみるか」

「おもんとは、汁粉屋の女将だな。手口が同じだと、おもんが言ったのか」

「ああ、そうだよ。おもんは信じた相手にゃ心を開く。信じられねえ相手なら、貝のように口を閉じる。肝っ玉の太え女将だぜ」

「よし」

又兵衛がやおら腰を持ちあげると、長元坊は大きく溜息を吐いた。

気づいてみれば、家に居着いた三毛猫が牡蠣の殻を嘗めている。

「あいつは雄か」

「たぶんな」

「それなら、長助と呼んでやろう」

「勝手にしろ」

場を和ませるつもりで言ったのだが、長元坊は不機嫌な顔で吐きすて、残り少なくなった五合徳利を拾いあげた。

三

湯島天神へとつづく女坂の麓、切通町の一角に、こぢんまりとした汁粉屋はあった。

ふたりは『正月屋』と書かれた煤けた看板を見上げ、閉めきられた引き戸を開けて敷居を踏みこえる。

「おもんさん、居るかい」

奥へ声を掛けると、弁慶縞の褞袍を羽織った大年増が脅えたような顔であらわれた。

「誰かとおもえば、海坊主の先生かい」

「おいおい、海坊主はねえだろう。ほら、土産の下り酒」

「えっ、嬉しいね。でも、どういう風の吹きまわしだい」

おもんは五合徳利を受けとり、横に振りながら少ないとおもったのか、渋い顔をしてみせ、又兵衛のほうに警戒の目をくれる。

「お見世はもう仕舞いだから、甘いもんは出せないよ」

「まあ、そう言うなって。長居するつもりはねえから」

「ふうん、そちらの旦那は」

「町奉行所の与力だよ」

「げっ」

「心配えしなさんな。こいつは幼馴染みで、平手又兵衛というのさ」

ぱんと長元坊に肩をたたかれ、又兵衛はぎこちなく笑ってみせる。

おもんはわずかに警戒を解き、茶を淹れようと背を向けた。

「おかまいなく」

ひと声掛けて上がり端に座り、帳場の奥をさりげなく覗く。

算盤やら大福帳やらが、片付けられぬまま散乱していた。

「五年前に亭主がぽっくり逝っちまってな、それ以来、おもんは女の細腕ひとつで汁粉屋をつづけてきた。子もおらず、淋しさを紛らわせるためか、宮地芝居の新之丞一座に入れこんでな、不入りのときは金銭の面倒までみてやっていたらしいぜ」

ところが、一年前に座長の新之丞が何者かに殺められ、一座は解散に追いこまれた。残された息子たちの消息が杳として知れぬなか、おもんのもとへ長男の佐吉が父親と同様に殺められたという凶報がもたらされたのだ。

「おもんは身請人になり、ほとけを引き取りにいった。変わりはてた佐吉に縋って、涙が涸れるまで泣いたそうだ」

長元坊は途中ではなしを止めた。

おもんが茶を淹れてきたからだ。

「おもんさんよ、新之丞と佐吉のことを聞きに来たんだ」

おもんは緊張の面持ちで身構えたが、長元坊はかまわずにつづけた。

「ふたりとも首を絞められていたんだよな。おれの見立てじゃ、下手人は同じやつかもしれねえ。そのあたりの事情を、じっくり聞かせてもらえめえか」

「どうしてだい。どうしてそちらの旦那は、帳外者の殺しなんぞに首を突っこみなさるんだい」

長元坊を制し、又兵衛がこたえた。

「帳外者だろうが、関わりはない。殺しは殺しだ。下手人を裁かなくてはならぬ」

「へえ、頼りになる旦那だこと」

長元坊が顔をしかめた。

「おもんさん、そいつは皮肉か。まあ、町奉行所の役人を毛嫌いするのもわからんでもねえがな」

「冗談じゃない。海坊主の先生なんぞにわかってたまるもんか」

「ん、どうした」

「そちらの旦那のご同僚か手下かわかりませんけどね、十手持ちのお役人は揃いも揃って屑ばかりさ。袖の下をけちれば、盗人あがりの岡っ引きに命じて破落戸どもをけしかけさせ、見世に客が寄りつかないように嫌がらせをしてくる。女だからってね、嘗めてもらっちゃ困るんだよ。死んだ亭主に申し訳が立たないからと、こちとら命懸けで汁粉屋を守ってきたんだ。新之丞一座のことだって、たんまり袖の下を取っておきながら、いざとなりゃ助けてくれなかったじゃないか。あたしに言わせりゃ、新之丞も佐吉も役人どもに殺されたようなものさ。だから、何ひとつ喋らない。先生の幼馴染みだろうが何だろうが、十手を帯に差した相手とは口をききたくもないのさ。ふん、くそったれめ……う、うう」

おもんは早口で喋り、仕舞いには昂ぶって嗚咽を漏らす。

又兵衛は懐から十手を取りだし、何をおもったか、三和土に抛ってみせた。

――からん。

乾いた音が響いた。

抛ったのが役人の魂とも言うべき十手だけに、おもんも長元坊も呆気に取られる。

「別に驚くようなことでもあるまい。あんなもんは鉄のかたまりにすぎぬ。おもんさんに信用してもらえるなら、十手を抛ることなんぞ容易いはなしだ」

「……あ、あたしなんぞのために、そこまでなさるんですか」

涙目で問われ、又兵衛は表情も変えずに言う。

「何だってする。同心どもの行状を詫びろと申すなら、土下座してもかまわぬ」

すかさず、長元坊が助け船を出した。

「おもんさん、こいつはやるぜ。本気で詫びるつもりなのさ。常は町奉行所の御用部屋に籠もって、調べもんばかりしていやがる。例繰方と言ってな、御奉行さまが裁きで使う類例を拾い集めているのさ。だから、外のことはよくわからねえ。おもんさんや新之丞たちがどれだけ痛い目に遭ってきたかも、わかっちゃいねえんだ。でもな、少なくともこいつは、弱い連中から袖の下なんぞ受けとらねえ。それだけは信じてくれ」

少し間があり、おもんはほっと溜息を吐いた。

「わかりましたよ。何なりとお尋ねくださいな」

「ほっ、そうかい。わかってくれたんだな」

長元坊が目配せを送ってきたので、又兵衛はさっそく問いを口にした。

「さっき、あんたは言った。袖の下をたんまり取っておきながら、役人どもはいざとなりゃ助けてくれなかったと。一座のことで何か揉め事でもあったのか」

「揉め事なんざ、掃いて捨てるほどありましたよ」

湯島天神は芝神明や市ヶ谷八幡と並ぶ小芝居の聖地、境内に幟を掲げるためには人気と実力の両方がともなっていなくてはならない。

「でも、それだけじゃないんです。裏では一座同士の鞘当てがござんしてね、看板役者が刃物で傷つけられたなんてはなしはめずらしいことじゃない。そのあたりを上手に仕切ってもらうためには、顔の利く地廻りや町方の旦那方と仲良くしておくことも必要なんです」

新之丞もそのあたりは、落ち度なく上手に立ちまわっていたという。

「でも、後ろ盾の大金主が臍を曲げちまいましてね。新之丞が稼ぎの足しにやっていた蔭間茶屋のお客だったんですけど、あるとき、次男の与一郎に閨の相手をさせろと迫ったんです。与一郎はまだ十四だったし、新之丞は勘弁してほしいと必死に頼んだけど、許しちゃもらえなかった。与一郎は泣く泣く、水揚げされちまいましてね。まあ、本人は覚悟していたらしいんだけど、大金主は味を占め、今度は三男の捨丸を閨に寄こせと迫ったんです」

捨丸は八つ、いくらなんでもできぬと新之丞が突っぱねたところ、その人物は金主を止めると言いだした。それでも、一座の人気は昇り調子だったので、新之丞は「どうぞご随意に」と、居直ってみせたのだという。

「居直っちまいなと煽ったのは、何を隠そう、このあたしなんです。あたしは新之丞の芝居に惚れていた。舞台であれだけの色気を出せる女形は、芝居町の三座にだっていやしないって、本気でおもっていました。子どもたちは三人とも可愛らしくて、いつも腹を空かしていたから、よい芝居ができた日は汁粉を只で食べさせてあげたんです。今でも三人の嬉しそうな顔が忘れらんない」

おもんは遠い目をしたあと、我に返った。

「あたしが町内のみんなを説得して金主になってあげるから、心配しなくていいよって言ったんです。新之丞も子どもたちも、泣きながら手を握ってくれました」

おもんに後押しされ、新之丞は無理な願いを断った。

「それが仇になったんです。あいつは新之丞に居直られ、腹が立ったのか、陰に日向に嫌がらせをしはじめました。町方の旦那や地廻りの親分に泣きついても、いっこうに取りあってもらえない。何せ、鼻薬を嗅がされておりましたからね。それでも、あたしらのような小さな金主に支えられ、新之丞一座はどうにか興行だけはつづけたんです。師走には歳の市がござんすからね、正月はどうにか越えられるはずでした。ところが、新之丞があんなことになっちまった。あたしゃ、神仏を恨みましたよ。たぶん、あいつが腹いせにやったにちがいないって、そうおもったんです。手鎖なんぞで首を絞められて死ぬなんて、あんまりじゃありませんか」

「ちょっと待て。手鎖で首を絞められていたのか」

「香具師の親爺さんが言っていましたよ。新之丞も佐吉も、絞められた首に鎖の痕がついていたって。言われてみりゃ、たしかに、青黒く腫れた痕は蛇がうねうね這っているみたいだった」

長元坊のほうをみると、肩を竦めてみせる。どうやら、首を絞めた凶器のことまでは知らなかったらしい。

おもんのはなしを聞けば、下手人は同じ相手なのだろうと確信できた。

調べてみるべきは一年前に新之丞と揉めていた「大金主」だが、素姓を聞くと、おもんは表情を曇らせる。

「旦那がお調べくださるんですか。それで、まんがいち、あいつが殺しに関わっているとわかったら、どうなさるんです。縄を打っていただけると約束してくださるんなら、素姓をお教えしますけど」

「おもんさんよ、あんたがおもう相手が人殺しの悪党なら、縄を打つどころか、引導を渡してやるぜ」

長元坊はうっかり口を滑らせ、ぺろっと舌を出す。

おもんはうなずき、相手の素姓を口走った。

「中ノ郷にある満光寺の浄雲っていう住職ですよ。法印の号を持つ偉いお坊さんらしいけど、あたしに言わせりゃ蔭間好きのすけべ爺にすぎません。檀家から搾りとったお布施で蔭間買いをしているんだからね、ほんと、ほとけさまの罰が当たっても仕方ない生臭坊主だよ」

長元坊が呻くように漏らす。

「浄雲の噂なら、おれも聞いたことがある。坊主のくせに高利貸しをやっていて、泣かされた患者も何人かいた」

おもんがうなずき、言い添える。

「寺男にわざと伽藍の一部を壊させ、お上から普請代を引っぱりだしたって噂もありましたよ」

又兵衛が、ぼそっとつぶやいた。

「それは、祠堂金だな」

祠堂や伽藍の修繕などの名目で勘定所から捻出された金銭は、寺の名義で武家や町家に貸しだしてもよいことになっている。もちろん、法外な利息での貸付はみとめられていない。公金ゆえに取り立ては厳しく、寺と懇ろの町奉行所与力が借金取りとなって取り立て、裏で一割ほどの口銭を貰っていた。役人にあるまじき行為で、本来ならば厳しく処罰されるべきところだが、公然の秘密として見過ごされている。

いずれにしろ、祠堂金が絡むとなれば、はなしは複雑な様相を呈してこよう。

「袈裟を叩けば、埃が出てくるに決まっている。旦那にそれができるってんなら、あたしは何だってやりますよ」

　おもんは気丈な台詞を発しつつも、眼差しを宙に泳がせる。

　何か肝心なことを隠しているのではないかと、又兵衛は疑った。

四

　満光寺は浅草の花川戸町から吾妻橋を渡ったさき、中ノ郷に集まった寺町のなかにある。翌日は非番でもあり、又兵衛は眠たがる長元坊をともなって朝早くから中ノ郷まで遠出した。

「又よ、いきなり、生臭坊主に会うのか」

「顔くらいは拝んでおいても罰は当たるまい」

「町奉行所の与力なら、ぞんざいには扱わぬだろうさ。でもよ、正体をばらしたら、何かと面倒なことにならねえか」

　長元坊らしくもないことを心配している。

「おぬしは元破戒坊主だからな。ひょっとして、寺の山門を潜るのが恐いのか」

「まさか。偉そうな坊主をみると、吐き気がしてくるだけさ。昨日食べた牡蠣を吐きだすかもしれねえ」

気のせいか、さきほどから胃のあたりに鈍痛を感じている。まさか、牡蠣にあたったわけでもあるまい。

ふたりは山門を潜り、掃き浄められた参道を進んでいった。

宿坊のひとつを訪ねて身分を告げると、しばらく待たされたのち、小坊主が本堂のほうへ案内してくれた。

「法印さまは御本尊を拝んでおられます。お勤めまで少しだけ猶予がございますので、おはなしを伺うと仰せです」

小坊主は目を伏せたまま言い、寒々しい伽藍へ導いていく。

「さあ、あちらへ。法印さまがお待ちです」

色白の可愛げな小坊主は、まだ十二、三であろう。浄雲は蔭間好きだと聞いていただけに、どうしても色小姓ではないかと、疑いの眸子でみてしまう。

お辞儀をして去る痩せた後ろ姿を見送り、ふたりは御本尊の手前まで足をはこんだ。

浄雲らしき人物は立派な座布団に正座し、一心不乱に読経をおこなっている。

黄蘗色の袈裟は錦糸で縫ってあり、大きな鉢頭が濡れたように光っていた。

からだつきは臼並みに厳つく、太い手足はいかにも毛深そうだ。

ふたりがそばに近づくと、ふいに読経が止んだ。

浄雲は両手を合わせたまま、ぐいっと太い首をかたむける。

血走ったどんぐり眸子に小鼻の張った大きな鼻、垂れた頰は脂ぎっており、深海に棲む魚のごとき分厚い唇がやけに赤い。齢は五十を過ぎたほどであろうか。とてもではないが、煩悩から解きはなたれた高僧にはみえない。どんな手を使って法印の尊号を授かったのか、正直、又兵衛は首をかしげざるを得なかった。

「浜の真砂は尽きるとも、世に盗人の種は尽きまじ」

何故か、歌舞伎の演目で石川五右衛門が発した辞世を口走り、浄雲は火を噴くような勢いで「喝っ」と、気合いを入れてみせる。

虚仮威しにもほどがあるとおもいつつ、又兵衛は長元坊と顔を見合わせた。

「南町奉行所の与力どのが、拙僧に何用でござろうか」

居丈高な態度で問われ、又兵衛は嘘で切りかえす。

「じつは、祠堂金を扱っていると聞いたもので」

「寺金をお借りになりたいのか」

「いいえ、小銭を稼げぬものかと」

「なるほど、そっちか」

「ええ、そっちです。取り立てならばお手のものと自負しております」

「ふうむ、たしかに、借りた金を平気で返さぬ輩(やから)は多い。拙僧に言わせれば、そうした連中は盗人と何ら変わらぬ。されど、あいにく、取り立てはほかの者に任せておるゆえ、ご期待には沿いかねる」

「ほかの者とは、それがしと同様の与力にござりましょうか」

鎌(かま)を掛けると、浄雲はぎろりと目を剝いた。

「それを聞いて、どういたす」

「名を聞けば、力量のほどはわかります。その者と競(きそ)わせていただければ、それがしの力量もわかっていただけましょう。それがしならば、法印さまが頼みになさっている相手の三倍は役に立ってみせましょう」

「三倍か、それはまた大きく出たな」

こちらのよこしまな意図がわかると、浄雲は煩悩丸出しとなった。

「三倍となれば考えてやってもよいが、分け前で揉められても困るしな。そこは町方の与力同士、上手に棲(す)み分(わ)けしてほしいものだが、ちなみに、貴殿のお役目を伺っておこうか」

「例繰方にござる」

「えっ、例繰方と申せば、家猫も同然の内勤ではないか。まことに、取り立てなどの荒事ができるのか」

「それがしは後ろに控え、いざというときに出張ってまいります。荒事はすべて、後ろに控える長元坊がおこなうことになりましょう」

「長元坊とな。たしかに、強面の厳つい御仁だが、見掛け倒しということもある」

浄雲と長元坊の目がかち合った。

又兵衛が軽く受けながす。

「この者は元破戒坊主にござります。裏の事情をよく知る者のほうが借金取りには向いておろうかと」

「裏の事情とな。はて、それは何であろうか」

首をかしげる浄雲に向かって、又兵衛は鋭く突っこむ。

「おとぼけなさるな。手を汚す仕事でござるよ」

「げっ」

核心を衝かれたのか、浄雲は口を噤んでしまう。

「法印さま、どうかなされましたか」

「ふむ、やはり、満光寺とは相容れぬ御仁のようじゃ。せっかく訪ねてこられて申し訳ないが、お帰りいただこう」

ここはあっさり引いておくべきと判断し、又兵衛は一礼して伽藍を去った。

本堂から出た途端、後ろから従いてきた長元坊が怒鳴りつけてくる。

「てめえ、どういうつもりだ。おれさまをだしに使いやがって」

「仕方あるまい。ああでも言わねば、浄雲の本音を引きだせなかった」

「ふん、門前払いされただけじゃねえか」

「そうでもないぞ。生臭坊主であることはよくわかったし、蔭間殺しに関わっているという手応えも得られた」

怒りの収まらぬ長元坊をやり過ごし、山門のほうへ歩いていくと、本堂に案内してくれた小坊主が参道を横切っていく。

何気なく目をやれば、行く手に鐘撞き堂があった。

雑巾を携えているので、掃除でもするつもりだろう。

「あれ」

又兵衛は足を止めた。

「ん、どうした」

長元坊も鐘撞き堂のほうへ目をやる。

何かが足りない。

「あっ、釣り鐘がねえぞ」

鐘撞き堂に釣り鐘がないとなれば、寺の一大事にちがいない。

ふたりは捨て置けなくなり、参道から外れて足早に近づいていった。

「おい」

長元坊の呼びかけに、小坊主は驚いたように振りかえる。

「釣り鐘はどうした」

叱りつけるように問えば、小坊主は震えながらこたえた。

「釣り鐘小僧に盗まれました」

「何っ、盗まれただと」

「はい、釣り鐘がなくなって、もう一年余りになります」

一年余りまえ、満光寺だけではなく、近所の寺々で釣り鐘がつぎつぎに消えてなくなるという椿事が勃こった。調べてみると盗まれた形跡があったので、寺の連中は盗人に「釣り鐘小僧」という名を付けたのだという。

「それで、釣り鐘小僧は捕まったのか」

「いいえ」

小坊主は困ったように首を横に振る。どうやら、そのような盗人がいるのかどうかさえわかっていないらしい。

「それにしても、妙なはなしだ。一年余りも、釣り鐘を吊らぬとはな」

ほかの寺は何処も、新たな釣り鐘を吊っていた。小坊主も妙だとおもい、満光寺に古くから仕える岩吉という寺男に聞いてみたという。

「何でも、釣り鐘を吊らぬほうが寺は儲かるのだそうです」

それを聞いて、小坊主は益々、妙だとおもうようになったらしい。

三人で立ち話をしているところへ、宿坊のほうから大きな人影が駆けてきた。

「あっ、岩吉さんです」

小坊主は石地蔵のように固まってしまう。

岩吉は息を切らして駆けつけ、鬼の形相でこちらを睨みつけた。

名のごとく、大きな岩のように厳ついからだつきをした寺男だ。

「そこで何を喋っておる」

凄まじい勢いで叱責され、小坊主は兎のように脅えた。

「まあまあ、そこまで叱ることはあるまい」

割ってはいった長元坊と岩吉が睨みあい、顔と顔が触れるほどまで近づく。

坊主頭のふたりが睨みあう様子は、仁王門（におうもん）を守る阿吽像（あうんぞう）を連想させた。

「臭（くせ）え息を吐くな」

長元坊が身を離すと、岩吉も肩の力を抜いてみせる。

さすがに、町奉行所与力の従者と喧嘩（けんか）するほどの度胸はないらしい。

「まいろう」

又兵衛がさりげなく誘うと、長元坊は素直にしたがった。

岩吉は横を向き、ぺっと唾（つば）を吐く。仏門に仕える者の態度ではない。

山門から外へ出るや、長元坊は吐きすてた。

「くそったれめ、釣り鐘を盗んだのは、たぶん、あの野郎だぜ」

何の裏付けもないが、又兵衛もそうおもった。

もちろん、重い釣り鐘をひとりで運ぶのは無理なので、ほかに仲間がいるはずだ。

新たな釣り鐘を吊らない理由は、おそらく、修繕の名目でお上から祠堂金を捻出させるためにちがいない。

もちろん、すべては浄雲の指図であろう。

いったい、盗まれた釣り鐘は何処へ運ばれたのだろうか。

「あの坊主、おもっている以上の悪党かもな」

又兵衛は吐きすてた。

しかも、私欲のために手を貸す者が町奉行所のなかにもいる。

ともあれ、このまま調べをつづければ、とんでもない大事に行きあたりそうだ。

怒りの収まらぬ長元坊の横顔を睨みつつ、又兵衛は満光寺に来たことを少しばかり後悔していた。

五

翌朝、又兵衛は内与力の御用部屋を訪れた。

沢尻玄蕃は待ちかねた様子でもなく、いきなり愚痴(ぐち)を言いはじめる。

「御老中の水野出羽守(みずのでわのかみ)さまにも困ったものじゃ。上様の御裁定が必要な件をお送りしても梨(なし)の礫(つぶて)であるにもかかわらず、向こうが調べてほしい厄介事については矢のような催促(さいそく)を送ってこられる。御老中というよりも、仕置掛奥右筆(しおきがかりおくゆうひつ)の仕切りが拙(つたな)いのじゃ。おぬし、城崎大膳(じょうざきだいぜん)は存じておるか」

「いいえ、存じあげませぬ」

「さようか。まあ、ここだけのはなし、鼻持ちならぬ奥右筆のなかでも、城崎はとりわけ嫌な男でな、御老中のご威光を盾に取り、御奉行の筒井伊賀守さまを顎で使おうとする。まったく、職禄三千石の江戸町奉行を何と心得ておるのか。ふう、城崎めの顔をおもいだすだに、腹が立ってくるわい。まあ、おぬしに愚痴を吐いても詮無いはなしじゃがな。ところで、何用じゃ」

「蔭間殺しの件にござります」

「ふむ、そうであったな。類例はみつかったか」

「みつかりました」

九日前に同様の手口で蔭間が殺められ、しかも、それが一年前に殺められた新之丞の息子であったと告げても、沢尻は「ふうん」と漏らしたきり、たいした反応をしめさない。装っているだけなのかとも疑ったが、表情だけでは判断がつきかねた。

「いずれも、手鎖のようなもので首を絞められていたそうです」

「ふん、さようか」

「ご関心がないようですな」

「帳外者ゆえ、殺しそのものに関心はない」

「ほう、ならば何故、類例をお望みになったのでしょう」

「直近の類例さえあれば、一年前の蔭間殺しは旧悪とならぬ。旧悪とならねば、下手人を裁くこともできよう」

殺しそのものに関心はないが、下手人は裁きたいらしい。

沢尻の意図をはかりかね、又兵衛は黙りこむ。

「それで、ほかに何かわかったことは」

「新之丞は宮地芝居の一座を仕切りながら、蔭間茶屋を営んでおりました。茶屋の客でもあり、一座の金主でもあった人物に怪しい者がひとりおります」

法印の尊号を持つ浄雲の名を出すと、沢尻は細い目を光らせた。

さきほどまでとは、あきらかに食いつき方がちがう。

又兵衛は淡々とつづけた。

「浄雲は勘定所から祠堂金を得て、高利貸しをやっております。ためしに顔を拝んでまいったところ、予想どおりの悪相にございました」

「人を見掛けで判断いたすな。されど、浄雲なる者、たしかに怪しいな」

「妙なはなしがひとつございます。一年余りまえ、何者かに釣り鐘を盗まれました。爾来、いまだ鐘撞き堂に釣り鐘はございませぬ」

「盗まれた釣り鐘か。なるほど、おぬしはどう読む」

問われたので、あっさり応じてやった。

「祠堂金目当ての狂言かと」

「浄雲がひと芝居打ったという筋書きだな。ふむ、わしもそうおもう」

沢尻はうなずき、ほっと溜息を吐いた。

「されど、やりにくいな。寺金の取り立てには、町奉行所の与力や同心も関わっておる。取り立てそのものは法度で禁じられておらぬとは申せ、叩けばいくらでも埃が出てこよう。たとえば、与力同心が利息の二重取りなどに加担しているとわかれば、御奉行が面目を失うことにもなりかねぬ」

「詳しく調べれば、自分の首を絞めることになるやもしれぬと」

「まあ、そういうことだ。ついでに聞くが、浄雲から取り立てを頼まれておる与力は南町奉行所の者なのか」

「そこまではまだ」

「肝心なことを調べておらぬわけか。ふん、まあよい。例繰方のおぬしには、そこまでがせいぜいであろう」

「どういうことにござりましょう」

「あとは、わしのほうでやる。おぬしは深入りせずともよい」

予想していたことゆえ、別段、口惜しくもない。もちろん、汁粉屋を営むおもんとは約束も交わしたし、調べを止めるつもりはなかった。あとはいつもどおり、隠密裡に動けばよいだけのはなしだ。

「されば、これにて」

お辞儀をして去りかけると、沢尻に呼びとめられた。

「おぬし、水茶屋に屯しておる小者から『鶍の旦那』と呼ばれておるそうじゃな。由来は何じゃ」

「はて、存じあげませぬ」

「ふうん、そうか。小者は自慢げにうそぶいておったぞ。おぬしが香取神道流の達人だとな。ほれ、祝言でのはなしじゃ。小者の名は、甚太郎とか申したな。甚太郎のはなしは、まことなのか。おぬし、まさか、爪を隠した鷹なのではあるまいな」

「さようなわけがありませぬ。酔うた席での戯言にござりましょう」

「まあ、そういうことにしておくか。ともあれ、余計なことには首を突っこまず、類例集めに勤(いそ)しんでおれ」

又兵衛の行状をわかったうえで釘を刺したのか、それとも、わからずに適当なことを言っているだけなのか、沢尻の本心は見当がつかぬ。

例繰方の御用部屋に戻ると、同心のひとりに門前で小者が呼んでいると告げられた。

足をはこんでみると、通りを隔てた水茶屋の一角から手を振る者がある。

「鷭の旦那、こっちこっち」

甚太郎だ。胡座を掻いた鼻の穴をひろげ、裾を引っからげて赤い尻を晒(さら)しながら駆けてくる。

「旦那、お呼びたてしてすいやせん。じつは今朝方、大番屋(おおばんや)の仮牢(かりろう)から子犬が一匹逃げだしてやしてね、偶さか野暮用(やぼよう)で訪ねていたあっしが拾っちまったというわけで。あんまり可哀相だから匿(かくま)うことに決めたはいいけど、よくよく考えてみりゃ、とんでもねえことをしでかしちまった。相談できる相手は旦那しかいねえもんで、ご迷惑とは知りながら、お声を掛けさせていただきやした」

「こやつめ、たかが子犬一匹のことで呼びだすな」

「まあまあ、そう仰(おっしゃ)らずに子犬の顔を拝んでやってくださいな」

強引に袖を引っぱられ、萌葱色の幟がはためく水茶屋へ連れていかれる。

赤い毛氈の端にはおちよが立っており、又兵衛の顔をみると、困惑顔でお辞儀をしてみせた。

裏手へ踏みこんでみると、味噌のよい香りがしてくる。

甚太郎は死角となった勝手のほうへひと声掛け、仮牢から逃れてきた「子犬」を連れてきた。

「ん、小童ではないか」

子犬ではなく、それは十に満たぬほどの男の子だった。口のまわりに味噌をつけ、手には平串に刺した味噌蒟蒻を握っている。色白で可愛らしい顔をしており、お節介焼きな甚太郎でなくとも、助けてやりたくなるにちがいなかった。

「腹を空かした子犬でさあ。はい、旦那もどうぞ」

又兵衛は平串を手渡され、ごくっと唾を呑みこむ。

大好物であることを、甚太郎はわかっているのだ。

「旦那、早く食べねえと、味噌が垂れますよ」

「ん、そうだな」

ぺろりと味噌を嘗め、蒟蒻を囓って咀嚼する。

小童も上目遣いにみつめ、遠慮がちに残りの蒟蒻を食べた。

甚太郎が喋りだす。

「朝未き、京橋の擬宝珠を盗もうとしていたそうです」

通りかかった車力が襟首を捕まえ、近くの番所へ連れていったら、ちょっとした騒ぎになった。聞けば、廻り方の同心たちが擬宝珠泥棒を捜していたのだという。じつはこのところ、古銅を狙う盗人どもが暗躍しており、一味かもしれぬからと、わざわざ南茅場町の大番屋へ身柄を移されたらしかった。

「ところが、この子犬、すばしこいやつで、責め苦を受ける直前に隙を見て逃げだしたってなわけで」

又兵衛は蒟蒻を食べ終え、味噌のついた指を嘗めながら尋ねた。

「どうして、おぬしのもとからは逃げぬのだ」

「まあ、そりゃ、あっしが信頼できる大人だと、子供心に悟ったからでやしょうね。それに、腹が減りすぎて動けなかったってのもある」

自慢げに胸を張る甚太郎から目を離し、又兵衛は小童のまえで屈みこむ。

「名を教えてくれるか」

「はい、捨丸にござります」

子どもながら襟を正し、しっかりと応じてみせた。

「こいつは驚いた。おめえ、まさか、武家の子じゃあんめえな」

甚太郎に問われ、捨丸は首を横に振る。

どうやら、齢は九つらしい。

又兵衛は宙をじっと睨んでいた。

捨丸という名に聞きおぼえがあったからだ。

「あっ、おもいだした。おぬし、まさか、新之丞の子ではなかろうな」

さっと、捨丸の顔色が変わる。

まちがいない、一年前に殺められた新之丞の三男なのだ。

事情を知らぬ甚太郎は、口をぽかんと開けている。又兵衛が捨丸の素姓を言い当てたことに驚かされたのだろう。

「鵜の旦那が子犬の素姓を知っていた。こいつは天狗さまの神通力より凄えぜ」

はしゃぐ甚太郎を制し、又兵衛は捨丸にやんわりと聞いた。

「兄がふたりおったな。一番上の佐吉がどうなったか、存じておるのか」

捨丸は俯き、目に涙を溜める。知っているのだ。

「辛ければ、佐吉のことは喋らずともよい。されど、下手人に心当たりがあれば、教えてくれ」

捨丸は腕で涙を拭き、首を横に強く振った。

何か知っていても、喋りたくない事情でもあるのだろうか。

「それなら、別のことを聞こう。擬宝珠を盗んで金に換えるつもりだったのか」

「……は、はい。兄さんたちがそうしているのを聞いていたもので、吹所へ銅を持ちこめば銭を貰えるとおもいました」

「吹所とは、中ノ郷横川町にある古銅吹所のことか」

「あ、はい」

当てずっぽうに射た矢が的に当たった。

「兄たちも銅を盗んでおったのだな。それは一年前のはなしか」

「あ、はい」

「おとっつぁんも関わっていたのか」

「はい、兄さんたちはおとっつぁんに言われて、盗みをやっていたんです」

「擬宝珠以外に、何を盗んでおった」

捨丸は身を縮め、口を噤む。

又兵衛は叱りつけるように言った。

「正直に喋らねば、天罰が当たるぞ」

「ひえっ」

「何を盗んでおった」

「……つ、釣り鐘にございます」

予想が的中したので、又兵衛は詰めていた息を吐きだす。

「もしや、中ノ郷の寺町界隈で、釣り鐘小僧という異名で呼ばれておったのではないのか」

「……そ、そのとおりにございます。されど、はなしに聞いただけです。おとっつぁんから、おまえはまだ幼いから来るなと言われておりました」

「そうか。されば、次男の与一郎は何処におる。この一年、いっしょにおったのであろう」

「半月ほどまえまでは、上州におりました」

食べるのに困って、江戸へ戻ってきたらしい。

「今は兄の与一郎ともども、親切なお方のお世話になっております」

親切なお方と聞いて、ぴんときた。

汁粉屋の女将にちがいない。おもんが隠していたのは、古銅盗みで糊口をしのぐ兄弟を匿っていることだった。

理由はわからぬが、父親と長兄を殺めた連中が残る兄弟の命を狙っている公算は大きい。どっちにしろ、次男の与一郎は十五ゆえ、捨丸の知らぬことも知っているはずだ。

会わねばなるまいと、又兵衛はおもった。

六

寒風の吹くなか、又兵衛は捨丸を連れて湯島の『正月屋』へやってきた。

女将のおもんは捨丸を目にするなり、裸足で三和土に飛び下り、やにわに平手打ちをくれる。そして、跪いて泣きながら、呆気に取られる捨丸を抱きしめた。

「どれだけ心配したとおもってんだい。ひとりで勝手に居なくなったら駄目だって、あれほど言ったろう」

おもんの気持ちが伝わったのか、捨丸も泣きながら謝った。

じつの母子も同じふたりをみつめ、又兵衛はおもった。やはり、おもんは匿っている兄弟のことを隠したかったのだ。兄弟は食うために古銅を盗んでいたし、兄の与一郎は「釣り鐘小僧」の一味に関わった疑いもある。縄を打たれれば厳しく処罰されるだろうし、ふたりを匿ったおもんも罪に問われる公算は大きい。

おもんは捨丸から身を離し、又兵衛を見上げた。

「旦那、与一郎が消えちまったんです」

「何だと」

今朝方、捨丸を捜しに出掛けたきり、待てど暮らせど帰ってこない。我慢できなくなって近所の連中に尋ねてまわると、大男といっしょに居るところを見掛けたと告げる者があらわれた。

「たぶん、満光寺の寺男だとおもいます」

岩吉とかいう寺男のことらしい。

「新之丞が一座を率いていた頃、何度か目にしたことがありました。浄雲の用心棒みたいなやつです。鼻の利きそうなやつだから、たぶん、あたしが兄弟を匿っているとあたりをつけていたのだとおもいます」

それとなく見張っていたら、与一郎を見掛けたので声を掛けたのだろう。

おもんの読みどおりだとしても、何故、岩吉は与一郎を捜していたのだろうか。

「与一郎は何か知っているのかもしれません。たとえば、新之丞や佐吉を殺めた者の正体とか。考えすぎかもしれませんけど」

知っているとしたら、連れていかれた理由はひとつ、口封じしかなかろう。

「旦那、後生です、与一郎を助けてやってください」

おもんは震えながら拝み、冷たい三和土に両手をついた。

助けるのは吝かではないし、頼まれずともそうするつもりだ。

又兵衛がうなずいてやると、おもんは暗い顔で問うてくる。

「助かっても、与一郎や捨丸は罪に問われるのでしょうか。古銅を盗んでいたことが知れたら、無事では済みませんよね」

「それより、今は与一郎を助けだすのが先決だ」

「……は、はい」

中ノ郷の満光寺へ急いで向かわねばなるまい。

外に待たせていた甚太郎が、眸子を輝かせた。

「鷂の旦那、何やら、とんでもねえことになってきやしたね」

「遊びではないぞ」

「わかっておりやすよ。弱い者をいじめる悪党どもを懲らしめてやる。そのために、旦那はひと肌脱ぎなさるんでやしょう。ぬへへ、わかっておりますって。あっしを誰だとお思いで」

　そそっかしくて気が短く、情に脆いが喧嘩っ早い。見栄っ張りのお調子者で、すぐに格好をつけたがり、あれもこれも何でも首を突っこまずにはいられない。そのうえ、威張っているやつが大嫌いで、弱い者をみると助けずにはいられなくなる。甚太郎はまさに絵に描いたような江戸っ子気質の男だ。

「んで、悪党の親玉はその浄雲とかいう生臭坊主なので」

「まだわからぬ。浄雲の裏に厄介な連中が控えておるやもしれぬ」

「もしや、十手持ちの旦那方じゃござんせんよね」

「そうだとしたら、一抜けか」

「とんでもねえ。相手が殿さまだろうと誰だろうと、正々堂々と受けてたちやすよ。あっしは鸛の旦那に何処までも従いていきやすぜ」

　邪魔なだけだが、浅草経由で吾妻橋を渡って中ノ郷へたどりつくまで、片時も喋りを止めぬ甚太郎のおかげで、さほど長い道程にも感じずに済んだ。

　満光寺の山門を潜ると、釣り鐘のない鐘撞き堂に大勢の人が集まっている。

　異変を察して駆けつけてみれば、仰向けの屍骸がひとつ転がっていた。

「ん、岩吉か」

又兵衛の台詞に反応し、甚太郎が人垣の前面へ躍りだす。

「さあ、退いてくれ、町奉行所の旦那を通してくれ」

検屍の役人も来ておらぬようなので、又兵衛は甚太郎の先導で鐘撞き堂のうえにあがった。

屍骸からは、湯気が立ちのぼっている。

首筋に触れると、まだ温かみが残っていた。

下手人が残っているかもとおもい、人垣をさっと睨めまわす。

並んでいるのは、脅えた顔と好奇心剝きだしの顔だけだった。

「旦那、首がくたくたでやんすよ」

甚太郎が岩吉の髷を摑んで揺すってみせる。

首の骨を折られているようだが、喉には絞められた痕も見受けられた。

「手鎖の痕だな」

新之丞や佐吉を殺めた手口と似通っているが、又兵衛は首の骨が折られている点に注目した。

「どうすりゃ、折れるんでやすかね」

甚太郎の疑念にこたえるのは難しいことではない。首に鎖を巻きつけて背後にまわりこみ、首を絞めながら引き倒せばよいのだ。

「なあるほど、首級落としか」

もちろん、簡単にできる技ではない。分銅鎖の鍛錬を積んだ者にしかできぬ技だ。

咄嗟に浮かんだのは、町方の同心たちであった。無頼漢を相手にする同心たちのなかには、十手だけでなく分銅鎖を使う者も多い。

検屍をつづけていると、袈裟を纏った浄雲があらわれた。

若い僧たちに指示を繰りだし、岩吉の屍骸を宿坊に運ばせる。

野次馬たちも散りはじめると、重々しい口調で喋りかけてきた。

「例繰方の平手又兵衛どのであられたな。何故、内勤の貴殿が出張ってこられる。しかも、寺社奉行さまの縄張り内で余計な詮索をいたせば、どうなるかわかっておられるのであろうな」

「はて、どうなりますかな」

「法印の拙僧を見くびってもらっては困る。幕閣のお歴々と繋がる伝手もあるゆえ、上からはなしをつけていただければ、町方の内勤与力のひとりやふたり、どうとでもできる」

「脅しにございますか」

「そう受けとってもらってもよい。錆びた十手を返上したくなかったら、口を閉じて山門から消えるがよい」

「かしこまりました。されば、消えるまえにひとつだけ。子飼いの寺男が殺められても、法印さまは何ひとつ動揺しておられませぬな。ひょっとして、殺められるのをご存じでしたか」

鎌を掛けると、浄雲はわずかに目玉を動かした。

又兵衛は表情の変化を見逃さない。やはり、知っていたのだ。浄雲には岩吉を殺めねばならぬ理由があった。与一郎と関わりのあることなのか。そこまではわからぬが、ともあれ、又兵衛は急きたてられるように山門を逐われた。

「あの坊主、気に食わねえ。旦那、とっちめてやりやしょう」

激昂してみせる甚太郎が鬱陶しくなったので、長元坊に経緯を説いておくように指図し、さきに帰らせた。

人の気配に振りむけば、色白の小坊主が竹箒で門前を掃いている。

岩吉に叱られていた小坊主にちがいない。

何か言いたそうにしながら、こちらをちらちら眺めている。

又兵衛が身を寄せると、わざとらしく背中を向けてみせた。

「おい、何か用か」

「えっ」

「顔に書いてあるぞ。遠慮いたすな。胸につかえたことがあれば、おもいきって吐きだしてみろ。すっきりするぞ」

小坊主は竹箒の柄（え）を握りしめ、べそを掻きながら訴えた。

「この目でみたのです。岩吉さんは、若い男を連れておりました。その男を引き渡したあと、分銅鎖で首を絞められて後ろへ引き倒されたんです。ほかにもみていた者はおりました。でも、法印さまが……」

「口を噤めと、みなに命じたのか」

「……は、はい」

岩吉は寺金をくすねていたという。それゆえ、罰が当たったのだと、上の連中は口々に言っていた。だが、小坊主は黙っていられなかった。寺領内での殺しは、仏を欺（あざむ）く行為以外の何ものでもない。黙って見過ごせば、かならずや、仏罰が下されるだろうと悩んでいた。ちょうどそこへ、又兵衛がやってきたのだという。

「分銅鎖を使った者にみおぼえは」

「……ご、ございます」

鶴のように首の長い黒羽織の人物だという。

「黒羽織か」

又兵衛は低く呻いた。

町方の同心にちがいない。しかも、知らぬ相手ではなかった。

新之丞や佐吉を殺めたのも、その者の所業にちがいなかろう。

「よくぞ、はなしてくれたな。御仏もおぬしの勇気をお褒めになるはずだ」

「そうでしょうか。わたしは法印さまを裏切ったような気がして、気が咎めておるのです」

「正しいおこないをすれば、仕舞いには報われる。逆しまに、誤ったおこないをつづける者には仏罰が下されよう。これからも権威の袈裟を纏った者にではなく、みずからの意思にしたがうがよい」

「はい」

小坊主の顔が朝陽を浴びたように、ぱっと明るくなった。

柄にもなく偉そうな台詞を吐いたせいか、又兵衛は少し照れながら山門に背中を向けた。

七

曇天のもと、又兵衛が向かったさきは、中ノ郷横川町の古銅吹所だった。横川に架かる法恩寺橋に近く、満光寺とさほど離れてもいない。

平屋の建物に近づくと、銅を溶かす独特の臭いがする。

吹所の周囲には古銅を扱う業者の店も散見され、店先には銅瓦などが散乱していた。

与一郎や捨丸も、こうした店へ盗んだ古銅を持ちこんでいたのだろうか。

ただし、持ちこまれるのが大きな釣り鐘となれば、はなしはまったくちがったものになる。盗んだ経緯があきらかにされたら、持ちこんだ側も持ちこまれた側も厳しく罰せられるのだ。盗人の正体や経緯は極秘にされ、持ちこまれたら即座に溶かす段取りが組まれているはずであった。

もちろん、容易にできることではない。何しろ、銭貨を鋳造する吹所には勘定所の役人が詰めている。素人の頭で考えても、役人に知られずに釣り鐘を溶かすのは至難の業であろう。

考えられるのは、吹所の役人が金轡を嵌められ、黙って見過ごしているという筋書きだ。

さっそく訪ねてみると、応じたのは楳本甚八郎という支配勘定であった。風采のあがらぬ四十男で、おどおどした様子は罠に嵌まった狐を連想させる。又兵衛が隠さずに素姓を告げると、狐は煤けた顔をおもいきりしかめてみせた。

「例繰方の与力さまが、何故にこちらへ」

「御奉行直々の探索でな、おぬしにちと聞きたいことがある」

「えっ、拙者にでござりますか」

御奉行を持ちだしたのが効いたようで、門前払いはされずに済んだ。

「まずは、古銅を溶かすところでもみせてもらおうか」

建物のなかは暑いので、入口のそばに立っているだけでも額に汗が滲んでくる。

「様子をご覧になりたいと仰せならば、吹所見廻り与力の渡部さまにご了解いただかねばなりませぬ」

「御奉行直々の探索でもか」

「なればこそにございます」

古銅吹所見廻り与力の渡部半太夫とは、煤払いの日に挙行された恒例の胴上げで床に落とされた山忠を抱きとめた人物のことだ。身分は同じ二百俵取りの与力だが、年は又兵衛より五つほど上で、挨拶を交わしたこともない。

椋本が頑として拒むので、単刀直入に問うてみた。

「盗まれた寺の釣り鐘が、吹所へ持ちこまれたとの訴えがあった。おぬし、釣り鐘小僧を存じておるか」

「……い、いいえ、存じあげませぬ」

声を震わせたところから推せば、あきらかに嘘を吐いている。誰かに黙って見過ごすように命じられたのだろう。

又兵衛はつづけた。

「もっとも、釣り鐘が盗まれたのは一年ほどまえのはなしゆえ、おそらく、年が明ければ忘れられよう」

「えっ、忘れられるとは、どういう意味にございましょう」

「旧悪になるということだ。親殺しや主殺し、あるいは火付けといった重き罪でないかぎり、しでかした悪事が一年経てば帳消しにされる。それゆえ、忘れ去られてしまうというわけだ」

俄然、楳本は身を乗りだしてきた。

「幕臣である役人の犯した罪も、帳消しにしていただけるのでしょうか」

「少なくとも、帳面には載らぬ。一年のあいだ、同類の罪を犯したと証明できねばな」

「なるほど、証明が要るのですな。かりに、一年経過したあとで、旧悪が発覚したときはどうなります」

「しらを切れば、たいていは逃れられよう」

「逃れられぬときは、どうなります」

「密訴すれば、助かるかもしれぬ。つまり、悪事の筋書きを描いた中心人物を秘かに教えてくれれば、密訴した者の罪は問わぬということだ」

密訴する気にでもなったのか、楳本はぎゅっと口を結ぶ。

「罪に問わぬなどと、さようなことがまことにできるのですか」

「ふむ、物事には建前と本音がある、わしは今、本音のほうをはなしておるのだ。おぬしも何かはなしたいことがあれば、今がその好機と心得よ。別筋で悪事が発覚すれば、おぬしを救う手立てはなくなる」

「平手さま、いったい、それがしに何をお聞きになりたいので」

「申したはずだ。盗まれた釣り鐘のことは黙って見過ごせと、おぬしに指図した者の名を教えてほしい」

椺本は喉仏を上下させた。緊張しているのか、額から玉の汗が吹きだしてくる。

「ほら、言え」

脅しが効いて口をひらきかけたところへ、招かれざる人物があらわれた。

「あっ、渡部さま」

椺本は喉を引き攣らせ、直立不動のまま固まってしまう。

渡部は大きなからだを近づけ、ぎろりとこちらを睨みつけた。

「おぬしはたしか、はぐれと綽名される例繰方の与力だな。どうして、ここにおる。支配勘定の椺本に何を尋ねたのだ」

仕方ないので、正直にこたえた。

「釣り鐘小僧のことですよ」

「ふうん、それで、椺本は何とこたえた」

渡部は又兵衛から目を離し、椺本にぬっと顔を寄せた。

「ひぇっ……な、何も申しておりませぬ。ご勘弁を」

椋本は米搗き飛蝗のように謝り、奥へ引っこんでしまう。

渡部が向きなおった。

「今一度聞こう、何故、はぐれ者がここにおる。おぬし、まさか、内与力の隠密ではあるまいな」

「隠密ならば、何か都合の悪いことでもおありですか」

「別に。わしは与えられたお役目を全うしているだけだ。おぬしなんぞに、とやかく言われる筋合いはない」

「満光寺の浄雲はご存じですな」

ふいに問いかけると、渡部は眸子を光らせた。

「法印さまを呼びすてにするとは、よい度胸をしておる」

「釣り鐘を一年も吊らずに祠堂金を掠めとり、武家や町家相手に高利貸しまがいの悪事をはたらいているとの噂がござります」

「なるほど、噂を信じて足労したわけか。ふふ、残念だったな。祠堂金は定められた利息で貸しつけられておるわ」

「何故、渡部さまがご存じなので」

「決まっておろう、法印さまより取り立てを任されておるからよ」

平然とうそぶく渡部が悪事の絵を描いているのだと、又兵衛は確信を深めた。

「なるほど、さようでしたか」

「町方の与力なら、誰もがやっておることだ。ただの小遣い稼ぎさ」

「されば、殺しはいかがです。岩吉なる寺男が殺められたのはご存じですか」

「さあ、知らぬなあ」

あきらかに、しらを切っているのがわかった。

だが、渡部はいっこうに臆する様子をみせない。

「噂や訴えだけで、同役は裁けぬぞ。わしに縄を打ちたくば、きっちり目にみえるかたちで証拠をみせよ。それができぬようなら、余計なことに首を突っこむな。今日は大目にみてつかわそう。今後、吹所のそばで見掛けるようなことがあったら、そのときは容赦せぬ。わしを落とすつもりなら、腹を切る覚悟で来い。ふふ、できるのか。内勤のはぐれ者に、そこまでの覚悟はあるまい。ぬはは、わかったら去ね。二度と阿呆面をみせるな」

「承知しました」

又兵衛は一礼し、吹所から外に出た。

夕暮れの空は薄暗く、頬を撫でる風は冷たい。

襟を寄せて歩きながら、又兵衛は筋読みをはじめた。

渡部は祠堂金の取り立てを請けおっていただけでなく、満光寺の釣り鐘をも受けとっていたにちがいない。吹所役人の楳本を脅しつけて金轡を嵌め、釣り鐘を溶かして銭貨に換えていたのだろう。ほかの寺からも釣り鐘を盗んでこさせ、擬宝珠や銅瓦などもふくめて、せっせと集めさせた古銅を溶かして銭貨に換え、そのぶんを懐中に入れていたのかもしれない。

一方、渡部に命じられて古銅を盗んでいた「釣り鐘小僧」と呼ばれる一味は、寺男の岩吉が率いていた。大掛かりな盗みがおこなわれたのは、一年余りまえであった。新之丞や佐吉も一味に加えられたが、もちろん、みずから望んだわけではなかろう。一座の金主だった浄雲に命じられ、加わらざるを得なかったのだ。おもんたちのおかげで興行の目処が立ち、新之丞は浄雲との繋がりを断とうとした。縁を切ってほしいと切りだし、命を縮めたのだとすれば、殺されねばならなかった理由は明確になる。

父親の悲惨な死をみせられ、子どもたちはすがたをくらました。おそらく、浄雲は草の根を分けてでも捜そうとしたはずだ。「釣り鐘小僧」のからくりを喋られたら、悪事のすべてが露見する恐れもある。事情を知る子どもたちを捜しだし、父親と同様、口封じしようと考えたのだろう。

そんなふうに、又兵衛は頭のなかで筋書きを描ききった。

気づいてみれば、吾妻橋のなかほどまで歩いてきている。

吹きあげる川風に裾を攫われ、からだごと持っていかれそうになった。

両手で欄干を摑み、背後の闇に目を細める。

橋のたもとに、鶴のように首の長い人影が立っていた。

そうだ。おぬしが新之丞と佐吉を殺めたのだ。

「来てみろ」

又兵衛は叫んだ。

向かい風に髷を飛ばされかけ、わずかに目を逸らした瞬間、殺気を帯びた人影は煙と消えてしまった。

八

翌日、又兵衛は奉行所内で山忠に呼びだされた。

誰もが寄りつかない年番方の控え部屋には、白髪を黒染めにした山忠がひとりで待ちかまえている。

下座に平伏した途端、いきなり叱責された。

「はぐれ、おぬし、隠密廻りでもあるまいに、何をこそこそ嗅ぎまわっておる」

「いったい、何のおはなしにござりましょう」

「とぼけるでない。昨夕、古銅吹所を訪ねたそうではないか」

なるほど、渡部半太夫は山忠と裏で通じているのだと理解した。

袖の下の一部を献じて、吟味方への鞍替えでも狙っているのだろう。渡部が吟味方になれば、どんな悪党でも金を積めば罰を免れ、善人はあらぬ濡れ衣を着せられる事態にもなりかねなかった。もちろん、それだけは阻まねばなるまい。

「渡部さまからの告げ口でござりますか」

「告げ口とは、いかにも聞こえが悪かろう。渡部はな、信頼のおける与力じゃ。胴上げのときも、危ういところを助けてくれおった。ほかの連中は無礼講をよいことに阿呆面ではしゃいでおったが、渡部だけは冷静じゃった。ああいう男が必要なのじゃ。おぬしには渡部の爪の垢を煎じて呑ませてやりたいわ」

「おことばではござりますが、渡部さまは祠堂金の取り立てをやっております」

「それがどうした。町奉行所の役人ならば誰でも、小遣い稼ぎ程度のことはやっておるわ。川柳にもあろう。女郎のまことと四角い玉子、袖の下を拒む小役人、あれば晦日に月が出るとな。ぬひゃひゃ、金満家に取り入って袖の下を毟りとってやるのも、町方役人の立派な役目じゃ」

毒されている。本心なのだろうか。金銭に執着するあまり、道を踏み外すのが人の常かもしれぬが、山忠のごとく道を踏み外しているのにも気づかず、威張りくさって偉そうな口を叩く輩が町奉行所では幅を利かせていた。

ふと、床の間に目をやれば、太い字で「正義」と大書された軸が掛かっている。

吹きだしてしまいそうになった。山忠にとって、正義とはいったい何なのだろうか。そもそも、正義の意味をはきちがえている役人が多すぎる。まず、袖の下を拒まぬ者は正義を語るに値しない。上役の顔色ばかり窺い、平気で嘘を吐き、出世のためだけに手柄をあげようとする者は、他人を裁くよりもまえに禅寺などで精神を鍛えなおすべきであろう。

山忠の疳高い声がつづく。

「渡部が言うておったぞ。一年前に中ノ郷の寺町を騒がせた釣り鐘小僧の一味を捕まえたとな」

「えっ」

「名は何と申したか、忘れたが、十五の小僧じゃ。何でも、宮地芝居の緞帳役者だったらしい。今は消えてなくなったが、その一座が釣り鐘小僧の正体よ。十五と申せば、もはや、子どもではない。満光寺の釣り鐘が盗まれたのは一年前じゃが、年の瀬までに口書を取れば、罪に問うことはできよう。けっして小さき手柄ではないぞ。旧悪になるやもしれぬ悪事を見逃さず、粘り腰で裁こうとする。さようにあっぱれな姿勢が、町方役人の鑑になるのは必定じゃ。かならずや、御奉行もお褒めくださるであろう。渡部を推挽したわしも鼻が高い」

開いた口がふさがらぬとは、このことかもしれない。山忠はどうやら、本気で悪党与力を信頼しているようなのだ。

「今一度言うが、町奉行所には渡部のごとき役人が必要なのじゃ。酸いも甘いも嚙みわける度量を持ち、根っ子には正義を備えている。まさしく、渡部半太夫こそは花の吟味方に相応しい男じゃ」

はなしにならぬ。いったい、渡部からいくら貰ったのであろうか。しかも、懐中に入れた金は釣り鐘を溶かして鋳造した公金の一部かもしれぬのだ。いずれにしろ、よほどの阿呆か、騙されやすいお人好しでなければ、ここまでの発言にはなるまい。

山忠は身を乗りだし、声をひそめた。

「おぬし、沢尻玄蕃の指図で動いておるのではあるまいな」

「仰せの意味がよくわかりませぬが」

首をかしげると、山忠は疑り深い眸子を向ける。

「吹所への探索は、あくまでも、みずからの意思だと申すのか」

「いかにも。吹所役人が盗まれた古銅と知りながら、銭貨を鋳造している。そのような密告を偶さか耳に挟み、事実なれば由々しきことゆえ、役目ちがいとは申せ、捨て置くことができませなんだ」

「密告を捨て置けずに動いたと。ふん、下手な言い訳にしか聞こえぬが、これだけは申しつけておくぞ。内与力の手先になっても、何らおぬしの益にはならぬ。御奉行が替われば、きゃつらも町奉行所から去るのじゃ。一方、わしは去らぬ。媚びを売るのはどちらがよいか、考えずともわかろう。はなしはそれだけじゃ。明日からしばらくは屋敷で謹慎しておれ」

怒りや蔑みは腹に収め、又兵衛は山忠のもとから去った。

もはや、躊躇う理由はない。年番方筆頭与力の体面に疵がつこうとも、何らおかまいなく、悪党どもに粛々(しゅくしゅく)と裁きを下さねばなるまい。

ところが、怒りに突きあげられた気持ちに、いきなり冷や水を浴びせられた。

例繰方の御用部屋へ戻りかけたところで、内与力の沢尻から呼びとめられたのだ。

廊下の隅に連れていかれ、いつになく激しい口調で叱責された。

「蔭間殺しについては、首を突っこむなと命じたはずじゃ」

「はあ。されど、小便を途中で引っこめるのは難しゅうございます」

「何じゃ、その喩えは」

しらけた顔の沢尻に、又兵衛はやんわりと問うた。

「何か、よからぬことでもございましたか」

「法印の浄雲が動いたのじゃ。幕閣のお歴々を介して、御奉行直々にお願いの儀があってのう。寺領内のことを嗅ぎまわる役人がおるゆえ、屹度(きっと)叱りつけておくようにとのお言付けじゃ。御奉行から誰なのか調べよとの御下命(ごかめい)を賜(たまわ)ったが、おぬし以外にはおらぬ」

「敵さんもずいぶん焦っておる様子ですな」

「敵とは誰じゃ」

「浄雲にございます。正直、そこまでの伝手を持っていようとは。ちと、見くびっておったやもしれませぬ」

「何を偉そうに。わしはな、探索のまねごとなぞするなと申しておるのだ」

いつもなら引きさがるところだが、又兵衛は居ずまいを正した。

「沢尻さま、何故か、理由をお聞かせ願いましょう。悪事を裁くのに、吟味方も例繰方もございませぬ。悪事を憎む町奉行所の与力ならば、探索におよんでしかるべきかと存じまするが」

堂々と正論を吐く又兵衛が眩(まぶ)しすぎるのか、沢尻はおもわず顔を背(そむ)けた。

だが、ひと呼吸おき、本来の居丈高な態度を取りもどす。

「城崎大膳のことは申したな」

鼻持ちならぬ仕置掛奥右筆のことだ。

「こたびのことは、城崎がお歴々を動かしたのじゃ。あやつめ、どうやら、浄雲と裏で通じておるらしい。おそらく、多額の賄賂(まいない)を受けとっておるのであろう」

又兵衛は推察した。法印の尊号授与や祠堂金の捻出に関しても、城崎が口利きをしたのだとすれば、はなしの筋は通る。

「ただし、すべては当(あ)て推量(ずいりょう)にすぎぬ。機転の利く城崎のことゆえ、浄雲との繫がりをしめす証拠はいっさい残されておるまい」

「口惜しいが、泣き寝入りするしかない。そういうことにござりますか」

「ああ、そうじゃ。おぬしにちょろちょろ動かれたら、こっちの首が危うくなる」

本音が漏れた。所詮、沢尻も身の保全しか考えていないのだ。

「浄雲と吹所見廻り与力の渡部が通じているのはわかっておる。釣り鐘が盗まれたと嘘を吐き、吹所で銭貨を鋳造させておったのだとするならば、あきらかな大罪じゃ。されど、証拠はない。釣り鐘は溶けてしまったからな。それに、与力の大罪が露見すれば、幕府の権威は失墜する。わしの立場としては、どうあっても隠蔽せねばならぬ。城崎の立場でもそういたすであろう。口惜しいが、あやつとわしの目途は同じ、隠蔽じゃ。臭い物に蓋をするしかない」

納得などできるはずもないが、これ以上抗っても益のないはなしだ。

又兵衛は肩を落としたふりをして、あらゆる感情を面から消した。

「ところで、山忠には何と言われたのじゃ」

「明日からしばらく屋敷で謹慎せよと命じられました」

「異論はない。山忠の命にしたがえ。わかったな」

「はあ」

「不満なら、十手を返上するか」

「えっ」

「そこまでの覚悟があるなら、わしは何も言わぬ。おぬしの申すとおり、内勤の例繰方であろうとも、正義を標榜(ひょうぼう)する町奉行所の役人に変わりはないからな。それにしても、正義とは何と軽きものよ。幕閣のお歴々が軽々しく使うゆえ、薄っぺらいことばになりさがった。なあ平手よ、これだけは言うておくぞ。まことに正義をおこなおうとするなら、何事も命懸けでやりおおせねばならぬ。悪党を裁けぬときは、おのれが腹を切る。それが武士というものじゃ。はぐれと呼ばれるおぬしに、それだけの覚悟があるとはおもえぬがな」

わずかな期待を込めた細い目で睨みつけられた。

又兵衛は首を振り、表情を変えずにこたえる。

「仰せのとおり、覚悟などござりませぬな」

沢尻はがくっと肩を落とし、何も言わずに背を向けてしまう。

又兵衛は遠ざかる背中にお辞儀をし、御用部屋へ戻っていった。

九

謹慎は明日からと命じられたので、御用部屋できっちり役目をこなし、夕刻になって奉行所の外へ出た。

通りを隔てた水茶屋から、坊主頭の大男が手を振っている。

長元坊であった。

役人嫌いなので、いつもは町奉行所に近づくのを避けているのに、めずらしいこともあるものだ。

水茶屋へ向かうと、赤い毛氈の端に導かれた。

ほっぺたの赤いおちよが、味噌蒟蒻と茶を運んでくる。

元気者の甚太郎は、出役に駆りだされて居ない。

又兵衛は平串を摘まみ、味噌蒟蒻を齧った。

その様子をみるともなく、長元坊がぼそっとこぼす。

「今朝方、古銅吹所役人の楳本　某が遺体でみつかったぜ」

「何だと」

「法恩寺橋だ。橋のたもとから、鮭になってぶらさがっていたらしい」

「首を吊っていたのか」

「細工されたのさ。おめえが吹所を去ったあとに殺められてな。敵さんは悪事の証拠を消しに掛かっているぜ。急がねえと、逃しちまうかもな」

「おもんと捨丸は」

「心配えすんな。おれのところで預かっている」

「すまぬな」

長元坊は茶ではなく、ぐい呑みで冷や酒を呷る。おちよに笑いかけてから、低い声でまた喋りはじめた。

「おめえの言ったとおり、佐吉を殺めたのは古銅吹所見廻りの同心だぜ」

「ああ、わかっている。名はたしか、堀江増也だ」

「佐吉が殺されたあたりで、鶴みてえに首の長え同心を見掛けた者が何人もいた。しかも、堀江は分銅鎖の遣い手だ。富田流の免状持ちでもある。手強い相手だぜ」

「わかっているさ」

堀江とは一度、奉行所へ向かう青板のうえで擦れちがったことがある。

何気なく歩いていただけなのに、一分たりとも打ちこむ隙がなかった。

「堀江は鵜飼いの鵜だぜ。渡部半太夫の子飼いにすぎねえ」

それもわかっている。渡部と堀江をふたりまとめて裏で裁き、浄雲にも引導を渡さねばならない。

「心配えなのは、与一郎の安否だな」

「生かされているのがわかった。浄雲ではなく、渡部のところさ。渡部は十五の与一郎にすべての罪を着せ、一連の悪事に蓋をする気だ」

「何だと」

「それだけではない。釣り鐘小僧の一件を自分の手柄に仕立てあげ、吟味方に鞍替えする段取りまでつけている」

「許せねえな。でもよ、与一郎をどうやって助ける」

「そこだな」

渡部と直談判するしかなかろう。

「でもよ、こっちにゃ札がねえぜ」

「なければ、つくるしかあるまい」

「つくるって……まさか、浄雲を拐かすとか」

「察しがいいな。浄雲以上の切り札はなかろうよ」

長元坊は残りの酒を呑みきった。

「やるんなら、今宵だぜ。あの生臭坊主、日が暮れたら、人目を忍んでいそいそ出掛けるはずだかんな」

行く先は日本橋芳町の蔭間茶屋、馴染みの蔭間に会いにいくらしい。

「よく調べたな」

「浄雲の蔭間狂いは、今にはじまったことじゃねえ。芳町界隈では知らぬ者がいねえほどの有名人でな、ちょいと探りを入れれば、すぐにわかるはなしだ」

「よし」

今宵のうちに浄雲を拐かし、渡部にたいして与一郎の身柄と交換するように持ちかける。段取りは決まった。勝負をかけるのは、交換の場ということになろう。

「又よ、一か八かの勝負になるな」

「それが人生ってものだろう」

「へん、格好つけやがって。まあ、幼馴染みの誼で乗ってやるか」

「与一郎を救えば、正月屋特製の汁粉が食えるかもな」

「ふふ、おもんはああみえて色気がある。まだ四十路の手前だかんな、汁粉の味もきっと甘えだろうさ」

「けりがつくまで、妙な気を起こすなよ」

「ありめえだ。おれさまを誰だとおもっていやがる」

楽しげな掛けあいを、おちよが不思議そうに眺めていた。

甚太郎がいれば、きっと羨ましがるにちがいない。自分も仲間に入れてくれと懇願するはずだ。

ふたりはやおら立ちあがり、水茶屋をあとにした。

のんびりと歩を進め、芝居町に隣接する芳町に着いた。

四半刻（約三十分）まえに夕陽は落ち、あたりは薄暗くなっている。

長元坊に導かれたのは淫靡な気配が濃厚に漂う露地裏の一角、黒板塀の長屋には『鴨川』という軒行燈がさがっていた。

「このところご執心の敵娼は乙吉、三座の舞台にもあがる女形の若手らしいぜ」

「ふうん」

浄雲の噂は芳しくない。払いは悪くないものの、縄で縛ったり叩いたりするので蔭間たちから嫌われているのだ。

「ちょいと肩を揉んでやったら、乙吉からも悪口がつぎからつぎへと出てきやがった。浄雲のやつ、いつも経を読みながら昇天するそうだ。まったく、生臭坊主にもほどがあるってもんだぜ」

残念ながら、今宵は昇天できぬ。

寒風の吹くなか、半刻（約一時間）ほど物陰に身を隠していると、黒塗りの権門駕籠が静かに近づいてきた。

「闇駕籠ってやつだな」

僧侶の女犯は法度、ましてや法印ともなれば、みつかれば遠島は免れない。それがわかっているゆえ、浄雲は人目を忍び、腰に刀を差した供人も随行させていなかった。

身の安全よりも、淫欲のほうが勝っているのだろう。

夜風は冷たく、吐く息は白い。

駕籠の垂れが持ちあがり、白足袋の爪先がみえた。

のっそりあらわれた浄雲は、頭巾で顔を覆っている。

すぐさま、駕籠は離れていった。

入れ替わりに、又兵衛たちは忍び足で近づいていく。

「こんばんは」

長元坊がとぼけた調子で呼びかける。

振りむいた浄雲は、叫ぶ間も与えられなかった。

又兵衛が当て身をくれるや、冷たい道端にどさっと倒れる。

あらかじめ戸板を用意していたので、重いからだを抱えて乗せた。

後ろにまわって戸板を担ぎ、歩きはじめるや、腰がふらついてしまう。

「おい、しっかり持て」

前方から、長元坊が笑いかけてきた。

「くそっ」

もはや、後には引けない。

迷わずに駆けぬけるだけだと、又兵衛は覚悟を決めた。

十

同夜。

――ごおん。

亥ノ刻（午後十時頃）を報せる鐘音が鳴ると、町木戸は一斉に閉まりだす。

長元坊が八丁堀まで使いに走り、渡部半太夫本人に時と場所を伝えた。

こちらの素姓は隠し、浄雲の身柄を預かったので取りに来いとだけ告げ、同心の堀江増也に与一郎を連れてこさせるようにとつけくわえた。

渡部は疑心暗鬼の体で、やってくるにちがいない。

ここは古銅吹所のそば、竹藪のなかの廃屋だった。

以前は人が住んでいたのだろう。茶室のような侘びた風情の名残はあるものの、今は狢しか棲んでいない。

又兵衛と長元坊は篝火を焚き、廃屋の外で待っていた。

孟宗竹の狭間を見上げれば、十六夜の月が輝いている。

長元坊は懐中から、紙を一枚取りだした。

「ふん、可愛い面をしていやがる」

眺めているのは、又兵衛がおもんに聞いて描いた与一郎の似面絵だ。売るほど上手ではないが、特徴は的確にとらえており、背恰好も詳しく聞いているので、本人と見間違える恐れはない。

廃屋のなかでは、大きな狢が蠢いている。

浄雲であった。

雁字搦めに縛りつけ、猿轡まで嚙ませてやった。

こちらの素姓を知ったとて、拐かされた理由はわかるまい。

ざっざっと、枯れ葉を踏みしめる音が聞こえてきた。

「来やがったぜ」

近づいてきた人影は三つ、先頭の着流しは渡部にまちがいなかろう。

「ふふ、約束を守ったな。金蔓の浄雲を是が非でも取りもどしてえらしい」

長元坊は舌舐めずりし、廃屋に消えた。

残された又兵衛のもとへ、三つの人影が近づいてくる。

後ろのひとりは鶴首の堀江で、かたわらで後ろ手に縛られているのが与一郎だろう。

ふたりをその場に留まらせ、渡部だけが近づいてきた。

又兵衛は篝火のそばに身を寄せる。

「ほう、誰かとおもえば、はぐれではないか」

「いかにも。おぬし、吹所役人の楳本を殺めたな」

「ふん、何を言うかとおもえばそれか」

「おぬしは楳本を脅しつけ、寺町で盗んだ釣り鐘を銭貨に換えさせた。すべては浄雲の意を汲んでやったことだ。しかも、おのれの罪を十五の与一郎になすりつけ、吟味方に鞍替えしようと企んでおる」

「ふうん、それで悪事の筋書きを描いたつもりか」

「浄雲があらかた喋った。裏は取れておる」

廃屋のなかから、呻き声が聞こえてきた。

渡部は眉をひそめる。

「何がやりたい。はぐれめ、沢尻玄蕃の隠密ではないのか」

「隠密ならば、悪党とこうして直談判はせぬ」

「そこよ。狙いは金か」

「いいや」

「ならば、後ろの小僧以外に何も望まぬと申すのか」

「まあな」

「わからぬな。小僧一匹を助けるために、どうしてここまでやる」

「さあな、おぬしに言うてもわかるまい」

町方役人の正義をみせてやりたいのだと、又兵衛は本気でおもっている。

いかにことばを尽くしても、毒水を啜ってきた不浄役人には伝わるまい。

「ふん、変わったやつだ。まあ、よかろう。法印さまをお連れしろ」

渡部の声に応じ、長元坊が縛られたままの浄雲を引きずってくる。

「おぬしは何者だ」

渡部の問いに、長元坊は胸を張って応じた。

「地獄の門番だよ。へへ、悪党どもを煮えたぎった大釜に抛るのが役目でな」

「さしずめ、おぬしも土壇行きか」

渡部は薄く笑い、後ろに指図を送る。

堀江が与一郎を連れてきた。

「さあ、どうする」

渡部に問われ、又兵衛は淀みなくこたえた。

「与一郎は浄雲ともども、廃屋に閉じこめておく」

「それで」

「尋常な勝負をして、勝ったほうが総取りだ」

「ふん、おもしろい」

浄雲と与一郎は廃屋に閉じこめられ、外では四人が対峙する。

渡部が口の端をひん曲げて笑った。

「わしらに勝つ気でおるとはな。おい、堀江」

「はっ」

堀江は一歩踏みだし、手にした分銅鎖をじゃらんと垂らす。

撫四角柱型の分銅が両端についた、長さ二尺八寸ほどの鉄鎖だ。

「はぐれよ、堀江は獲物を外さぬぞ」

「ああ、わかっておる。与一郎の父親の新之丞と兄の佐吉、それから寺男の岩吉を殺めたのも、堀江だな。目途は口封じ。すべて、おぬしの指図でやったことだ」

「そこまで知られておったら、どのみち生かしておくわけにはいかぬ。堀江、手っ取り早く片付けろ」

「はっ」

鉄鎖使いは分銅を握った右手を前に出し、同じく分銅を握った左手をやや後ろに引きつつ、慎重に間合いをはかりながら躙りよってくる。

虎乱打ちと称する構えであろうか。

又兵衛は刀を抜き、すっと右八相に構えた。

父から譲り受けた和泉守兼定とおもいきや、刀身に妖しげな煌めきはない。

手にしているのは、刃引刀であった。

「ちょっ」

独特の気合いとともに、鉄鎖が伸びてくる。

ひょいと避けるや、後ろに立つ長元坊の額に分銅の先端が当たった。

「うっ」

長元坊は白目を剝き、その場にくずおれてしまう。

「莫迦(ばか)め、狙いは後ろのでかぶつよ」

堀江の代わりに、渡部が声を張りあげた。

「ちょっ」

ふたたび、鉄鎖が投じられ、刀の棟区(むねまち)に絡みついてくる。

ぐっと引きよせられ、又兵衛は踏んばった。

「ぬうっ」

予想以上の膂力(りょりょく)に戸惑ってしまう。

堀江は鉄鎖を手繰(たぐ)り、徐々に間合いを詰めてきた。

刃引刀を手放すのは得策ではない。十手で闘うしかなくなるからだ。

こちらの動揺を見透(みす)かしたように、堀江は二間(けん)ほどのところから、素早く身を寄せてくる。

「ふりゃっ」

解いた鉄鎖から左右の分銅を交互に繰りだし、顔面や側頭を狙ってきた。

又兵衛はどうにか躱し、逆転の突きを浴びせる。

――がきっ。

つぎの瞬間、縦に張った鎖で切っ先を弾かれた。

さらに、入り身で踏みこまれ、両分銅で小手を真上から狙われる。

又兵衛はたまらず、刀を手放した。

「そいやっ」

分銅が襲ってくるかとおもいきや、堀江は小太刀を抜きはなつ。

「くっ」

又兵衛は瞬時に脾腹を裂かれ、蹌踉めきながら後退した。

「ふん、口ほどにもないやつ」

つぶやく堀江が富田流小太刀の遣い手であることは知っている。

まんがいちにと、小太刀で斬られたときの備えもできていた。

又兵衛は着流しの下から、鎖帷子を引きずりだしてみせる。

裂かれたはずの脾腹には、掠り傷も負っていない。

「本番はここからだ」

懐から朱房（しゅぶさ）の十手を引き抜いた。

「猪口才（ちょこざい）な」

堀江は吐きすて、鉄鎖を握って虎乱打ちの構えを取る。

「これで仕舞いだ。ちょっ」

至近から鉄鎖が投じられた。

「同じ手は通用せぬ」

又兵衛は叫び、ひょいと屈む。

すると、背後に立ちあがった海坊主が右手で分銅を受けとめた。

さきほどの一撃で額を割られ、血達磨（ちだるま）になった長元坊である。

「ぬおっ」

吼（ほ）えながら、力任せに鉄鎖を引きよせた。

「うわっ」

堀江は鉄鎖ごと引っぱられ、たたらを踏みながら迫ってくる。

「ふん」

又兵衛の掲げた十手が、堀江の眉間を割った。

左右の目玉が飛びだし、一瞬で引っこむ。

「あっ、堀江」

焦った渡部が刀を抜いた。

「くそっ、死ね」

大上段に斬りつけてくる。

又兵衛は十手を翳し、鉤の手で易々と刀を奪った。

分銅を握った長元坊が横から駆けより、渡部の首に鉄鎖を巻きつけて後ろへまわりこむ。

ぐっと力を入れるや、渡部が苦しげに藻掻いた。

「……ま、待て」

長元坊の動きが止まる。

「命乞いは通用せぬぞ」

又兵衛が静かに言った。

傲慢な渡部の顔が泣き顔に変わる。

「……な、仲間の悪事を暴いてどうする……お、おぬし、みなに嫌われたいのか」

「そんなことはどうでもよい」

「待て……お、おれたちは鵜飼いの鵜にすぎぬ。おぬし、談判する相手をまちがっておるぞ」

「ほう、それなら、じっくりはなしを聞かせてもらおうか」

鵜飼いが誰なのかは、すでに察しがついている。聞くまでもないが、渡部を信頼している阿呆な上役に教えてやるのも一興だろう。

「長助、やれ」

又兵衛の指図に長元坊は抗った。

「長助と呼ぶな。そいつは猫に付けた名だろうが」

「ああ、悪かったな、長助」

「ちっ」

長元坊は舌打ちし、素手で渡部の首を絞め落とした。

十一

二日後、師走十八日。

――どん、どん、どん。

西ノ丸太鼓櫓の太鼓が登城の時刻を報せている。

千代田城の大手御門前、常ならば大名家の家臣たちが待機する腰掛けのそばに、妙な光景が見受けられた。

縛られた半裸の坊主が、凍えた地べたのうえで晒し者にされているのだ。

髭も剃らぬ窶れた顔からは想像もできぬが、かたわらの捨て札には坊主の名と行状が記されていた。

「ん、何々、満光寺住職の浄雲。法印の尊号を賜った高僧だと」

なるほど、浄雲にちがいない。

項垂れて喋る気力も失せている様子だった。

裃姿の役人が足を止め、捨て札の文言を大声で読みはじめる。

「祠堂金を掠めとり、盗んだ釣り鐘を古銅吹所に持ちこんで銭貨を鋳造せんとす……」

ほかの役人たちも足を止め、ぞろぞろ集まってきた。

「……まさか、これがまことなれば大罪ではないか」

「おい、末尾をみよ。仕置掛奥右筆の城崎大膳に質せば、悪事のからくりがあきらかになるとあるぞ」

「由々しきことじゃ」

わいわい騒いでいた連中が、一斉に押し黙る。城崎大膳本人が人垣を掻き分け、捨て札を引っこ抜いたからだ。

「ご一同、これは何かのまちがいでござる。ご覧にならなかったことにして、ご出仕くだされますよう」

怒りで顔を朱に染めた城崎の剣幕に気圧され、集まった連中はあきらめて散りはじめる。

そうしたなか、ひとりだけ残った者があった。

又兵衛である。

「城崎大膳さま、捨て札に記されたことはまことにござりますか」

「戯言じゃ」

「わずかでも疑いがあれば、御目付に上申せねばなりませぬ」

「偽りじゃと申しておろう」

「されば、この始末、どうなされる」

「どうもせぬ。噂になっても、揉み消すくらいは容易いはなしだ」

又兵衛は縛られた浄雲に顎をしゃくった。

「そこな坊主はどうなります」

「さあ、知らぬ。みたこともない坊主ゆえな」

「さような嘘が通用しますかな。浄雲は法印にござりますぞ」

「法印なればこそ、表沙汰にはできぬ。罪を犯したとしても、闇から闇へ葬る
しかあるまい。それこそが、仕置掛奥右筆の役目でもある」

「ふふ、ああ言えばこう言う。口が減らぬ御仁とみえる」

「何じゃと、無礼者。おぬしは何者じゃ」

又兵衛は気負わず、さらりと言ってのけた。

「南町奉行所与力の平手又兵衛と申します」

「不浄役人の分際で、旗本のわしを愚弄いたすか。容赦せぬぞ」

「容赦せぬのは、こちらの台詞。ひとつ、お聞きしても」

「何じゃ」

「天地神明に誓って、ご自身が潔白であると断言できましょうか」

「あたりまえじゃ。何故、わしが生臭坊主の尻拭いをせねばならぬ」

「されば、今より、同じ台詞を堂々と仰せになっていただけますかな」

又兵衛が背を向けかけると、城崎は怒鳴った。

「待て、何故、おぬしなんぞの指図にしたがわねばならぬ」

「なあに、すぐそこまでご足労願うだけでござる」

「したがわねば、どうなる」

「おそらく、生臭坊主と同じ目に。それでもよろしければ、止めだていたしませぬが」

背を向けて歩きだすと、城崎は半信半疑ながらも従いてくる。

常盤橋(ときわばし)のほうをめざし、しばらくは前後になって歩いた。

登城してくる重臣たちが、ちらりと目をくれる。

又兵衛は堂々と胸を張ったが、これも罪人の習性であろうか、城崎は片手で顔を隠した。

常盤橋の手前で右手に折れ、銭瓶橋(ぜにかめばし)のほうへ向かう。

橋のそばには誰もおらず、水音だけが聞こえてきた。

「おい、何処まで行く」

後ろから凄(すご)まれ、又兵衛は足を止めた。

「右手をご覧くだされ」

「あっ」

堀沿いには、黒羽織の連中が控えていた。

又兵衛がうなずくと、ぞろぞろ近づいてくる。

まんなかの偉そうな人物は、山忠こと山田忠左衛門にほかならない。

引きつれているのは、年番方の与力と同心たちであった。

みな、苦虫(にがむし)を嚙みつぶしたような顔をしている。

「何じゃ、おぬしらは」

城崎は口角泡(こうかくあわ)を飛ばし、山忠と対峙する。

山忠はいつもとちがい、いたって冷静だった。

「以前、何処かでお会いしたやもしれませぬ。それがし、南町奉行所年番方筆頭与力の山田忠左衛門と申します」

「わしが生臭坊主とはからって、罪を犯したとでも言いたいのか。それが証明できねば、どうなるかわかっておろうな」

「わかっておらねば、わざわざ出張ってこぬわ」

「何だと」

「黙れ」

山忠は城崎を制し、同心のひとりに顎をしゃくった。

同心はすがたを消し、物陰から縄目にした男を連れてくる。

渡部半太夫であった。

城崎は仰天し、眸子を剝いてみせる。

「知らぬはずはあるまい。渡部がぜんぶ吐いたぞ。祠堂金の引きだし方も、釣り鐘を銭貨に換えるやり方も、すべておぬしの描いた筋書きであったとな。ついでに、吹所役人の楪本某を始末せよと命じたのも、おぬしだったそうではないか」

「くっ」

「身内の不始末ゆえ、常ならば隠密裡に処分しておくべきところじゃが、おぬしの罪を問わぬ理由はない。覚悟を決めて、縄目を受けるがよい」

「させるか」

城崎は刀を抜き、証人の渡部に斬りかかる。

――きいん。

火花が散った。

阻んだのは、又兵衛である。

手にした刃引刀を青眼に構えると、城崎が身ごと突きかかってきた。

「死ね」

又兵衛は軽々と躱し、逆しまに右八相から打ちこんだ。

――ばすっ。

まずは左の鎖骨を砕き、間髪を容れず、右の鎖骨を砕く。

城崎はたまらず、その場に屈みこんでしまった。

痛みに声もあげられず、ぶるぶる全身を震わせている。

「おぬしは仕舞いじゃ」

山忠は吐きすてると、裃姿の連中が別の物陰から近づいてきた。

見慣れぬ連中は、徒目付であろう。

城崎大膳は町奉行ではなく、目付のもとで裁かれるのだ。

城崎と渡部が別々に連れていかれるのを目で追い、山忠が向きなおった。

「やはり、おぬし、能ある鷹であったか」

「鷹ではございませぬ。強いて申せば、長元坊でございましょうか」

「長元坊とな」

「鷹狩りの役に立たぬ隼の異称にございます」

「ふん、はぐれめ、誰かの意のままにはならぬということか。内与力の沢尻には、何と申すのじゃ」

「何も。申しあげたところで、益もございませぬ」

自分だけが蔑（ないがし）ろにされたと怒ろうが、気に食わぬ奥右筆が罰せられて溜飲（りゅういん）を下げようが、又兵衛にはどうでもよいことだ。

山忠は探るような目を向ける。

「わしを使ったほうが益になると申すか」

「よくぞ、お尋ねくださりました。手柄はいりませぬゆえ、ひとつお願いが」

「何じゃ」

面倒臭そうに応じつつも、山忠は耳をかたむける。

又兵衛が願いを伝えると、渋い顔をつくった。

「ちっ、何を望んでおるのか、さっぱりわからぬやつだな」

「是非とも、お願いいたします」

沢尻玄蕃に告げ口すれば、山忠を渡部と一蓮托生（いちれんたくしょう）にすることもできたのだ。

願いのひとつくらいは、聞いてもらわねばなるまい。

山忠はうなずきもせず、くるっと踵（きびす）を返した。

天守（てんしゅ）代わりの富士見三重櫓（ふじみさんじゅうやぐら）が、陽光に甍（いらか）を煌めかせている。

又兵衛は眩しげに仰（あお）ぐと、銭瓶橋をのんびり渡りはじめた。

十二

数日後、又兵衛は静香と神田明神の歳の市へ向かった。

境内は寸地を漏らさぬ人の波、注連飾りに御神酒徳利、三方や門松や海老や橙など、正月の縁起物を売る香具師の売り声が威勢よく飛び交っている。とどのつまりは喧噪に身を浸しただけで、たいした物も買えず、又兵衛は破魔弓だけを手にして屋敷へ戻った。

すると、勝手のほうから鈴の音色が聞こえてくる。

さっそく覗いてみると、竈祓いの梓巫女が荒神棚に向かって祝詞を捧げていた。

「さやうなら、これでお竈じめいたしませう。やんもしろや、荒神のお前をみれば、あらかたや、あらかたや……」

梓巫女の後ろでは、義父の主税と義母の亀が熱心に祈りを捧げている。

又兵衛が声を掛けられずにいると、主税も神憑ったように「あらかたや、あらかたや」と発し、梓巫女に小判を一枚手渡そうとする。

さすがに、静香が横から割ってはいり、小銭と小判を交換した。

主税がこれを見咎める。

「罰当たりめ、わしは三千石取りの大身、都築家の当主ぞ。恥を掻かせるでない」

「父上、それはむかしのおはなしです。今は町奉行所の与力であられる平手さまのお世話になっております。この小判も、平手さまの貯えにございますゆえ、得手勝手に使うことはできませぬ」

「何じゃと、妾の分際で強意見いたすのか」

「妾ではありませぬ。娘にございますよ。よくお顔をご覧ください」

主税はぬっと顔を近づけ、にんまり微笑む。

「娘ではないな。おぬしは妾じゃ」

かたわらで、亀は俯いている。

又兵衛は歩を寄せ、困っている梓巫女に小判を握らせた。

「又兵衛さま、お止めください」

「いいや、よいのだ。これで義父上のお気が済むなら、よいではないか」

「されど」

「一年の厄落としだとおもえばよかろう。さあ、義父上をお部屋へ」

「申し訳のないことにござります」

「何も謝ることはない。わしがそうしたいのだ。それに、今日は気分がよい。金は天下のまわりもの、貯めておいても仕方なかろう」

梓巫女は拝むようにして小判を押しいただき、そそくさと勝手口から出ていってしまう。

主税は満足げにうなずき、恐縮する亀ともども、静香に連れていかれた。

屋敷から外に出れば、露地の向こうから餅つきの呼び声が聞こえてくる。

「ぺったんこ、ぺったんこ、引きずり餅だよ」

武家でも年の瀬になれば、隣近所から餅のお裾分けが配られる。

耳を澄ませば、主税の疳高い声が聞こえてきた。

「吹けども傘に雪もって、積もるおもいは泡雪と、消えて果敢なき恋路とや……」

歌舞伎でも演じられる『鷺娘』の一節であろうか。

寒中未明に高い声をあげる寒声のつもりなのだろう。

すでに正午を越えていたが、義父の歌う長唄が何故か心に沁みてくる。

門戸をみれば、鰯の頭を添えた柊の葉がさりげなく挿されていた。

魔除けにと、亀がやってくれたのだろうか。

八丁堀をあとにし、本材木町から江戸橋へ向かう。

広小路まで歩を進めれば、野良着姿の田舎者をずらりと並べて才蔵市をやっていた。正月に家々をまわる万歳の太夫が、莫迦面ながらも機転の利きそうな相方の才蔵を探して雇い入れるのだ。

江戸のそこかしこが正月気分に溢れている。

又兵衛は神田川に架かる昌平橋を渡り、湯島天神下までやってきた。

――正月屋。

と書かれた煤けた屋根看板の下では、おもんが玉箒で落ち葉を掃いている。

目敏く又兵衛をみつけ、曖昧な笑みを浮かべてみせた。

「旦那、お待ちしておりました。長元坊の先生も、今ほどみえたばかりです」

「そうか」

又兵衛が敷居を踏みこえると、上がり端に与一郎と捨丸が並んで正座している。

神妙な顔で目を伏せ、三和土をじっとみつめていた。

「仕方あんめえ。奥右筆は腹を切り、不浄役人と生臭坊主は斬首された。悪党どもは居なくなっても、古銅盗みの罪が消えたわけじゃねえ。悪党に脅されて仕方なくやったにしても、罪は罪だ」

長元坊が声を張ると、兄弟はいっそう項垂れる。

おもんも玉箒を握ったまま、敷居の内に佇んだ。

「で、どうすんだ」

長元坊に問われ、又兵衛はとぼけてみせる。

「どうするって」

「決まってんじゃねえか、こいつらに縄を打つんだろう」

「捨丸はまだ九つだ。女将が叱ってやれば、それで済む」

「与一郎は十五だぜ。しかも、釣り鐘小僧の一味だった」

「今年じゅうなら、どうにか罪に問えるかもな」

長元坊が首をかしげる。

「どういうことだ」

「年の瀬は何かと忙しい。釣り鐘小僧なんぞに関わってはおられぬと、年番方筆頭与力が仰せだ」

「おいおい、嘘だろう。意地の悪い山忠がそんなことを言うはずはねえ。まさか、おめえが言わせたのか」

「さあな」

あくまでもとぼけてみせる又兵衛に、長元坊が笑いかける。

「何だよ、驚かしやがって。おれもこうなるとおもったぜ。へへ、年が明ければ、何にもなかったことになる。町奉行所の帳面に載らねえってことは、役人どもの頭からも消えるってことだかんな。おもんさん、又のやつにとびっきりの汁粉をふるまってやってくれ。ついでに、こいつらとおれにも頼む」

「あいよ」

おもんは矢鱈縞（やたらじま）の袂（たもと）を捲り、汁粉を椀に盛ってきた。

兄弟は熱い汁をふうふう吹き、汁粉をかっこもうとする。

「ありがたく味わえ」

又兵衛は柄にもなく、説教じみた口調で言った。

「おぬしらは、肝っ玉女将の俠気（きょうき）に救われたのだ。ちゃんと真面目に生きて、償（つぐな）わねばならぬ」

そのことばが胸に響いたのか、与一郎と捨丸は目に涙を溜める。

又兵衛は顔をあげ、おもんに問うた。

「ところで、ふたりをどうする。おまえさんが面倒をみるのか」

「ええ、当面は。でも、きっちり芸を磨かせます。何年後になるかわかりませんけど、宮地芝居の一座を旗揚げさせようかと。それが父と兄への供養になると、ふたりもたぶんわかっているでしょうから」

そのとおりだなとおもいつつ、又兵衛は汁粉を啜った。

「甘い」

ひとこと漏らすや、捨丸が前歯をみせて可愛げに笑う。

沢尻に蔭間殺しの類例調べを命じられなければ、こうして『正月屋』の汁粉を堪能することもなかったであろうし、捨丸の笑顔をみる機会も訪れなかったにちがいない。

外は師走の寒風が吹いているものの、店のなかはみなの温もりで暖かい。

「天道人を殺さずか」

人の縁とはつくづく妙なものだなと、又兵衛はおもわずにいられなかった。

密命にあらず

一

正月三日の明け方、人を斬って磔獄門（はりつけごくもん）になる夢をみた。

さっそく褥（しとね）から起きて屋敷の裏手へ向かい、七福神（しちふくじん）と鶴亀（つるかめ）と富士山（ふじさん）の描かれた縁起物の宝船を堀川に流そうとしていると、後ろから咳払（せきばら）いが聞こえてきた。

「なかきよのとおのねふりのみなめさめ、なみのりふねのおとのよきかな（永き夜の遠の眠りのみな目覚め、波乗り船の音のよき哉）」

振りかえれば、義父の主税が東雲色（しののめいろ）の空を見上げ、宝船に記された回文（かいぶん）を諳（そら）んじている。

「上から読んでも下から読んでも同じ、先とおもえば後ろ、後ろとおもえば先、輪になって永遠に繋（つな）がるは輪廻転生（りんねてんしょう）のことわりじゃ。夢かうつつか、うつつか夢か、もはや、おのれでも正気か否（いな）かわからぬ。まこと人生とはおかしなものよな」

「義父上」

「婿どのよ、世には疫病が蔓延し、老いた知りあいがばたばた死による。お上は何ら策を講じず、ただ手をこまねいて漫然と眺めておるだけじゃ。眺めておるだけならまだしも、自分たちだけがよい目をみようと政事を私せんとしておる。さような輩こそ磔獄門になってしかるべきところじゃが、そうはならぬのが世の常じゃ。されど、人はかならず死ぬ。何のために生きておるのか、みずからに問いかけねばならぬ。死ぬ間際に人生を振りかえったとき、はたして誇りをもって満足しながら死んでいけるのか、みずからに厳しく問いかけ、誤っておるとおもうのならば、今からでもおこないを正さねばならぬ。私欲を貪ることに熱心な連中にしてみれば、馬の耳に念仏かもしれぬがな……ふう、わしはいったい、何を喋っておるのか、自分でもようわからぬが、今の世が悪夢ならば、丸ごと水に流せばよかろう。流したあとに、また別の夢をみればよいだけのはなしじゃ」

主税は淀みなく喋りきり、鼻唄を唄いながら戻っていく。

脈絡のない内容でも、そうかもしれぬと納得させられてしまう。又兵衛は宝船を堀川に流しつつ、まだら惚けの義父に告げられたはなしを噛みしめた。

耳を澄ませば、賑やかな笛や太鼓の音色が聞こえてくる。

新年を寿ぐ太神楽であろうか。越後の角兵衛獅子かもしれない。

双親を亡くして以来、年越しはいつも長元坊と過ごしてきたが、こたびはちがった。静香、主税、亀とともに初日の出を拝み、厳粛な面持ちで屠蘇を呑んだ。雑煮は都築家の鴨雑煮をつくって白木の箸で食し、主税が餅を喉に詰まらせたので、ひと騒動になった。落ちつかない年越しではあったが、妙に楽しくもあり、双親への恋慕や家族の絆など、忘れていた何かをおもいださせてもらったような気もする。

立ちあがって腰をぐっと伸ばせば、隣近所の玄関先から「御慶、御慶」と、年始まわりにおもむく役人たちの声が聞こえてきた。門付の万歳や猿廻しなども見受けられ、空を仰げば土手の彼方に凧がいくつも泳いでいる。

平手家も冠木門の両脇に門松を立て、門の上には注連縄を飾っていた。

冠木門を潜りかけたところへ、消え入りそうな美しい唄声が聞こえてくる。

「せんじょやまんじょの鳥追、お長者のみうちへおとづれるはたれあろ、右大臣に左大臣、関白殿が鳥追……」

菅笠で顔を隠した鳥追が三味線を掻きならし、荘園の実りを寿ぐ浄瑠璃を唄いながら近づいてきた。

「……御内証へおとづるる人は、高位高官、さては鳥を追うわれわれか」

又兵衛は足を止め、袖口に手を入れた。小銭を摘まんで振りかえれば、窓芸者とも呼ばれる鳥追が深々とお辞儀をしてみせる。

「こちらは、平手さまのお屋敷でござりましょうか」

「ん、そうだが」

顔をあげた鳥追は、年の頃なら三十前後であろうか。

又兵衛がはっと息を呑んだのは、喉首を横に裂かれた古傷が目に飛びこんできたからだ。

「つたと申します。ご推察のとおり、無理心中の生き残りにござります。好いた男からいっしょに死んでほしいと言われ、夜舟に乗って三途の川へ漕ぎだしました。されど、男は匕首でわたしの喉を裂いたあと、死ぬのが恐くなって逃げちまったんです」

偶さか夜釣りにきていた侍に助けられ、おつたは九死に一生を得た。

「気づいたときは、船宿の蒲団部屋に寝かされておりました。親切な女将さんに助けてくれたお方のお名を伺ったら、平手又左衛門さまだと教えていただきました。何処のお武家かもわかりません。最初は助けてもらったことを恨みました。どうして死なせてくれなかったのかと。されど、しばらくして考えは変わりました。平手さまは女将さんに言伝なされたそうです。『命を粗末にしてはならぬ。それだけ伝えてほしい』と仰り、風のように去ってしまわれた」

双親からぞんざいに扱われ、十四で岡場所に売られたおつたにとって、これほど心に沁みることばはなかった。

「平手さまのおことばだけを頼りに、わたしは生きてまいりました」

どうしても感謝の気持ちを伝えたいとおもいたち、門付の鳥追になって江戸じゅうの武家屋敷を捜してまわったのだという。

「そして、やっとみつけたのでございます。八丁堀のお役人だったと知り、心の底から驚きました。何せ、心中の生き残りは重い罪に問われます。お役人ならばけっして放っておけぬはずなのに、平手さまはわたしの罪を問おうともなさらなかった。やっぱり、神仏のようなお方なのだとおもい、溢れる涙を止めることができなくなりました」

又兵衛は困惑顔でうなずいた。

「事情はわかった。平手又左衛門はわしの父だ。されど、すでに亡くなっておる」

「えっ」

「すまぬな。せっかく訪ねてもらったが、会わせることはできぬ」

おつたは絶句し、立ち惚(ほう)けたまま身動きできない。

それでも、どうにか気を取りなおし、悔し涙を袖で拭(ふ)いた。

「仕方ありませんね。捜しあてるのが遅すぎたんです。何しろ、救っていただいたのは七年前のはなしですから」

「ん、七年前と申したか」

「はい」

又兵衛は首をかしげる。

「妙だな。父が亡くなったのは、十一年前だ」

「えっ、まことでございますか」

「ふむ。ひょっとしたら、人違いかもしれぬぞ」

「仰(おお)せのとおりかもしれません。お恥ずかしゅうございます。まことに、ご迷惑をお掛けしました」

おつたは膝(ひざ)に顔が埋まるほどお辞儀をし、こちらに背を向けた。

「待て」

おもわず、又兵衛は声を掛けた。一歩踏みだし、小銭ではなく、一分金をおったの皹割れた手に握らせてやる。

「美しい声を聞かせてもらった。その礼だ」

「こんなにいただけません」

「吉兆かもしれぬ。それに、父のことをおもいださせてもらった。遠慮せずに受けとってくれ」

おつたは目に涙を浮かべ、何度も振りかえっては頭を下げた。

人違いであろうとはおもいつつも、侍の残した『命を粗末にしてはならぬ』という言伝が気に掛かる。まさしく、それは父又左衛門の口癖にほかならなかった。

捕まえた者から口書を取る吟味方与力として、又左衛門は何よりも公正であることを心懸けていた。罪を犯してもまっとうな道に戻る余地のある者にたいしては、かならず『命を粗末にしてはならぬ』ということばを伝えつづけた。慈愛の籠もったことばで何人もの罪人が救われたのだと、父の通夜に訪れた弔問客に告げられた。

玄関の敷居をまたげば、静香が廊下にきちんと座っている。

「どうした、そんなところで」

「鳥追を見掛けました。もしかしたら、これをお忘れかも」

静香はそう言って、勝手口の外に落ちていた手拭いを差しだす。

ひろげてみると、網代格子柄の隅に『船宿井筒』と染めぬかれていた。

ひょっとしたら、おつたのはなしに出てきた船宿のことかもしれない。

「井筒という船宿なら、薬研堀にござりますよ」

静香が意味ありげに笑いかけてくる。

又兵衛は溜息を吐いた。

「はなしを聞いておったのか」

「はい、聞こえてしまいました。わたくしが又兵衛さまなら、お父上のお名を名乗ったお武家を捜そうとするやもしれませぬ」

「父の名を名乗ったとはかぎらぬぞ。わしが鳥追に告げたとおり、同姓同名の御仁がおるのやもしれぬ」

「たとい、そうであったとしても、放ってはおかぬはず。物事を曖昧なままにしておくのが、又兵衛さまは何よりもお嫌いなのでは」

よくわかっている。大きな目をきらきらさせる静香が愛おしくなり、抱きしめてやりたい衝動に駆られた。

ぐっと身を寄せたところへ、廊下の端から義母の亀がひょっこり顔を出す。

「静香、昼餉のお支度をなされませ」

「はい、ただいま」

立ちあがって遠ざかる背中を、又兵衛は縋るような目でみつめた。

独り身の頃は周囲の連中に避けられるほど刺々しかったが、気心の通じ合う伴侶を得たおかげか、次第にみずからの性格が丸みを帯びていくように感じられてならない。

ともあれ、薬研堀の船宿を訪ねてみようと、又兵衛はおもった。

二

五日は静香ともども芝三田の有馬屋敷内にある水天宮へ詣で、松明けの七日は門松を抜いて七草粥を食べた。鳥追のおつたに告げられたはなしを忘れたわけではないが、正月早々の些事にかまけているあいだに、薬研堀の船宿を訪ねる機会を逸していた。

今朝は檜の香る南町奉行所に出仕した途端、内与力の沢尻玄蕃から呼びだしが掛かった。奥右筆の城崎大膳に腹を切らせて以来、年始の挨拶以外には口をきいてもいない。年番方与力の山田忠左衛門に事情を告げ、沢尻には何ひとつ相談せずに城崎の罪を暴いた。山忠とは犬猿の仲と目される沢尻は、おそらく、自分は蔑ろにされたと、はらわたを煮えくりかえらせているにちがいない。

気が重いものの、又兵衛はままよとひらきなおり、御用部屋の敷居をまたいだ。

上座に座る沢尻の脇には、見掛けたことのない人物が端座している。年は四十前後であろうか、げっそりと瘦せており、庇のように飛びでた額の奥で眼光を炯々とさせていた。

沢尻が抑揚のない声で語りかけてくる。

「こちらは評定所留役、和久田伊織之介どのだ。和久田どのからおぬしにいくつか試問がある」

「はあ」

気のない返事をすると、和久田が渋い顔でこちらに向きなおった。

「毒薬を売った者と偽薬を売った者、両者における罪状のちがいを述べよ」

唐突な試問にも、又兵衛は怯まない。

「毒薬を売った者は引廻しのうえ獄門、偽薬を売った者は死罪のうえ引廻しに処する。これが御定書の定めにござります」

「ふむ、されば、毒薬売りを偽薬売りと取り違えて裁いた類例を述べよ」

又兵衛が黙ると、和久田は口端をわずかに吊ってみせる。

どうせ、こたえられぬだろうと、高をくくっているのだ。

又兵衛は少しも表情を変えず、淡々と応じた。

「裁許帳に記された類例が、ひとつだけござります。今から十二年前の文化七（一八一〇）年卯月、府内にて毒人参を売った廉で捕まった髪下げの半六なる地廻りが、偽人参を売ったものとして裁かれました」

和久田のみならず、細い目の沢尻も身を乗りだす。

又兵衛はふたりの反応を冷めた目でみつめ、同じ調子でつづけた。

「吟味をおこなったのは南町奉行所、御沙汰を下された御奉行は根岸肥前守さまであられます」

名奉行との誉れも高い根岸肥前守は沙汰の過ちに気づき、斬首から五日が経過していたにもかかわらず、取り捨てにした半六の首を捜して持ってこさせ、首桶に詰めて市中引きまわしにしたうえで、鈴ヶ森の刑場に三日間晒すようにと命じた。

「さらに、評定の誤りを正すべく範をしめさんと、幕閣のお歴々にたいして辞意を伝えられたとか。あくまでも、それは当時の読売に書かれた風聞にございますが」

「そのとおりじゃ。肥前守さまは上様直々のお引き留めにより、御奉行に留まるご決断をなされた。と、そこまでは、おおやけになっておらぬ。無論、町奉行の進退に関わる経緯が帳面に記されるはずもない」

「されば、それがしには推察の申しあげようもござりませぬ」

「ふふ、さもあろう」

和久田は薄く笑った。

「おぬし、はぐれと呼ばれておるらしいの。奉行所内に気心の通じる者がおらぬのか。おらぬと申すなら、沢尻どのが推挽なされたとおり、使えるかもしれぬ。おぬし、剣術もできると聞いたが」

「どなたがさようなことを」

「先手組の弓二番組を率いる鮫島広之進どのじゃ。火盗改の目白鮫と申したほうが通りはよかろう。目白鮫の眼鏡にかなう町奉行所の与力など、そうはおらぬ。ほとんどの与力同心は我欲に勝てず、毒水に浸かっておるからの。おぬしは誰からも袖の下を貰わぬと聞いたが、例繰方なればこそのことやもしれぬ。機会があれば、平気で賄賂を貰うのではないのか」

「はて、今のところは足りておりますが」

「なるほど、おもしろい返答じゃ。上役に媚びぬ気骨も備えておるようだし、隠密としては、まあ申し分なかろう」

「隠密」

又兵衛は首を捻り、沢尻のほうをみた。

沢尻は目を逸らし、素知らぬ顔で扇を揺らす。

部屋はひんやりしているのに、額にはうっすらと汗を滲ませていた。

「ほれ」

和久田が手を振り、袖口に隠していた何かを抛る。

畳に転がったのは、人の形をした人参にほかならない。

又兵衛は膝行し、人参を拾いあげた。

和久田が厳しい口調で問うてくる。

「それが土枯らしにみえるか」

「土枯らし」

「高麗人参のことじゃ」

「いいえ、これは桔梗の根にござります」

「さよう、偽人参じゃ。されど、一見しただけでは素人には判別がつかぬ。刻んで煮立てれば、もはや、本物と信じるよりほかにあるまい。それがな、近頃また市中に出まわっておるのよ。髪下げの半六の一件以来、十二年ぶりになるが、幸いにして毒人参ではない。いずれにしろ、干支がひとまわりしたところで、悪党どもが蠢きはじめたというわけじゃ。十二年前に捕まえ損なった仲間の仕業やもしれぬし、そうでないかもしれぬ。おぬしには、偽人参の行方を追ってもらう。いったい誰が売っておるのか、裏にはどのようなからくりがあるのか、詳細を突きとめよ」

「お待ちを」

又兵衛は平伏した。

「それがしは一介の例繰方、隠密御用など荷が重うござります」

「内与力の沢尻どのが推挽なされたのじゃ。意気に感じぬのか」

「いっこうに」

「ふっ、おもしろい。その相手を小莫迦にしたような態度が気に入った。わしはな、人参座御差配の御勘定奉行であられる守山豊後守さまから直々に本件の探索を命じられたのじゃ。されど、手足となって動いてくれる者は評定所におらぬ。何せ、山と積まれた評定の手筈を整えるので精一杯ゆえな。ほとほと困ったあげく、かねてよりの知己でもある沢尻どのを頼らせてもろうた。町奉行所の助力を得ることは、豊後守さまはもちろん、御奉行の筒井伊賀守さまにも内諾をいただいておる。すなわち、これは御奉行の密命でもある。受けぬと申すならば、裃を脱いで町奉行所から出ていく覚悟が要るぞ。おぬし、妻子は」

「妻がひとり」

「まあ、妻はひとりであろうな。可愛い妻女が路頭に迷うすがたを想像してみよ。さすれば、わしの命を一蹴する勇気は失せよう。のう、沢尻どの、のは、のはは」

喉ちんこをみせて笑う痩せた男が、浜辺の莫蓙に並べられた鯵の干物にみえた。

食べても身は少なかろう。そもそも、食べる気がしない。

御用部屋から逃れても、足取りは鉛を履いたように重いままだ。隠密御用を託された嬉しさは微塵もなく、面倒臭い用事に担ぎだされたことへの鬱陶しさだけが募った。

だいいち、沢尻から本気で信頼されているとはおもえない。

ひょっとしたら、奥右筆を勝手に裁いたことへの腹いせなのではあるまいか。

勘ぐれば勘ぐるほど、疑念が湧いてくる。

いずれにしろ、使い捨てにされるだけのはなしであろう。

それに、ひとりで動くのにはかぎりがある。

隠密御用をこなすには、それこそ、手足となる者が要る。

仲間の与力や同心は、小遣いを払って小者を雇っていた。

そのような小者は、又兵衛にはいない。

「いや、おるにはおるか」

尻っぺたをぱしっと叩く甚太郎の顔が頭に浮かんだ。ぼんくら同心の桑山大悟の間抜け面も浮かんだが、甚太郎や桑山が役に立つとはおもえない。やはり、頼りになるのは長元坊だけだが、役人嫌いの藪医者だけに、お上の密命と聞いた途端、尻込みするのは目にみえていた。

ともあれ、例繰方の役目を済ませ、そそくさと奉行所の門から外へ出る。

——くかあ。

情けない鴉（からす）の鳴き声に耳をかたむけていると、通りを挟んだ向こうの水茶屋から大声で呼ぶ者があった。

「鷭（ばん）の旦那、お帰りですかい」

甚太郎だ。

獅子（しし）っ鼻（ばな）を上に向け、鴉の鳴き声をまねしてみせる。

——くかあ、くかあ。

下女奉公のおちよが、それをみて笑っていた。

両手には味噌蒟蒻（みそこんにゃく）の載った皿を抱えている。

「旦那、小腹が空いておりやしょう」

甚太郎に誘われ、味噌蒟蒻の誘惑に負けてしまった。

通りを渡って赤い毛氈（もうせん）に座り、手渡された皿から平串（ひらぐし）を拾う。

まだ温かい蒟蒻を頰張（ほおば）ると、甘くてこくのある味噌の香ばしさが口いっぱいにひろがった。

「どうでえ、旦那、美味（うめ）えだろう」

「ああ」

「いつもと、ちょいと味付けがちがう。ただの蒟蒻じゃねえ。そいつを食えば元気もりもり、十は寿命が延びるってもんで」

「ふん、わけがわからぬ」

「おや、信じてねえな。それなら、こいつをおみせしやしょう。おい、おちよ坊」

呼ばれたおちよが差しだしたのは、さきほど和久田にみせられた偽人参にほかならない。

「拇指大で何と十両、高麗渡りの土枯らしでござんす。こいつを削って粉を二、三粒、蒟蒻に振りかけたってなわけで」

「待て、それは桔梗の根っ子だぞ」

「またまた」

と、疑ってみせつつも、甚太郎の顔は蒼醒めていく。

どうやら、かなりの借金をして手に入れた代物らしい。

「いったい、誰から買ったのだ」

又兵衛は眉間に皺を寄せ、隠密の顔で問うた。

三

甚太郎に案内させたさきは下谷から連なる寺町の一角、車坂町のどぶ店だった。

大路を東にまっすぐ進めば新堀川に行きあたり、川を越えれば東本願寺の門前へたどりつく。

どぶ店は寺町界隈の俗称で、古びた棟割長屋が多く見受けられた。

甚太郎は同じような露地を何度か曲がり、朽ちかけた木戸門のまえで立ち止まる。

「鷭の旦那、ここでさあ。奥の鮹壺に磯次っていう博打打ちが住んでおりやしてね、ええ、もちろん、独り身でござんすよ。半端者の博打打ちが、まともに所帯なんぞ持てるはずがねえ」

勝手にぺらぺら喋りながら、お調子者は木戸門を潜っていく。

どぶ板を避けずに踏みしめると、井戸端で洗濯をしている嬶ぁたちが怪訝な顔を向けてきた。

もちろん、月代を青々と剃った又兵衛の来るようなところではない。

さすがに裃と半袴は着けてこなかったが、場違いなのは一目瞭然だった。ここはどぶと糞尿の臭いが立ちこめる、貧乏人たちの吹きだまりなのである。

「旦那、こっちこっち」

甚太郎に手招きされ、肥溜めのそばにある端の部屋までやってきた。障子の破れた板戸は開いており、薄暗がりから鼾が聞こえてくる。

「邪魔するぜ」

甚太郎はひょいと敷居をまたぎ、しかめ面で鼻を摘まんだ。

「うえっ、酒臭え。旦那、鼻がひん曲がりやすぜ」

又兵衛は袖で鼻と口を隠し、覚悟を決めて敷居をまたぐ。

「うっ」

目にきた。

酢を浴びたような刺激に耐え、甚太郎を促して磯次を起こさせる。叩いても蹴っても起きないので、酔いどれの髷を摑んで外へ引きずりだした。冷たい地べたに寝かされても、磯次は寝惚けている。

「へへ、やるときはやりやすぜ」

甚太郎が鍋と杓文字を持ちだし、耳許でじゃんじゃか鳴らすと、磯次はようやく目を覚ました。

「うっせえな、誰でえ」

「おれだよ。騙(だま)されて偽人参を買った奉行所の者さ」

磯次は甚太郎から目を離し、後ろに控える又兵衛に濁(にご)った目を向ける。

咄嗟(とっさ)に町奉行所の役人だと察したのか、ごくっと喉仏(のどぼとけ)を上下させた。

甚太郎がぐっと顔を寄せる。

「びびったか。こちらは与力の平手さまだ。偽人参をどっから仕入れたのか、そいつをおめえに聞きたくてな」

「言わねえよ」

磯次はその場に胡座(あぐら)を掻き、ひらきなおってみせる。

「仕入れ先を喋ったら、命はねえ」

「ほう、そうかい。旦那、喋らねえそうですよ」

又兵衛は溜息を吐き、着流しの裾(すそ)を捲(まく)りあげた。

責めに慣れた長元坊に居てほしかったとおもいつつ、脇差(わきざし)の柄(つか)に手を添える。

「な、何さらす」

狼狽(うろた)える磯次を睨(にら)みつけ、瞬時に本身(ほんみ)を鞘走(さやばし)らせた。

──しゅっ。

一閃、空気が凍りつく。

息を止めた磯次の髷が、ぽそっと落ちた。

「ひぇっ」

喉を引き攣らせ、悲鳴もあげられない。

「つぎは鼻か耳を殺ぐ。どっちか選べ」

又兵衛が重々しく脅すと、磯次は平伏した。

「ご勘弁を。人参は門跡前の地廻りから仕入れやした」

「門跡前、すぐ近くではないか」

「へい、真砂一家の徹蔵親分から、二束三文で箱ごと売っていただきやした。仰るとおり、箱の中味は桔梗の根っ子、偽人参でごぜえやす。そいつをいくらで売ってもいいと伺ったもんで、一本に一分の値をつけやした。そうしたら、売れるわ売れるわ、阿呆面の連中が我先にと群がり、三日もしねえうちに箱は空になっちまった。稼いだ金で吉原に繰りだし、ひと晩でぱあっと散財したってなわけで。目を覚ましたら、また偽人参を仕入れにいくつもりでやんした」

喋ったら命はないと断っておきながら、磯次は一から十までぜんぶ喋った。

妙なのは、地廻りが二束三文で偽人参を箱ごと売らせた理由である。

聞けば、磯次のような売り手はほかに何人も集められており、江戸じゅうに大量の偽人参が出まわったらしかった。

甚太郎が口を尖らす。

「旦那、真砂の徹蔵を叩いてみるっきゃねえ」

「ああ、そうだな」

立ちあがって背を向けると、磯次が縋るように言いはなった。

「止めといたほうがいい。真砂の親分は、おっかねえおひとだ。下手に関わったら、役人だろうが何だろうが、寝首を掻かれるに決まっている」

「案ずるな。おぬしのことは黙っておいてやる」

又兵衛はそう言い残し、勢いよくどぶ板を踏みしめる。

どす黒いはねが裾に引っかかり、甚太郎にくすっと笑われた。

「旦那、こうなりゃ当たって砕けろだ。じんじん端折りの甚太郎が水先案内をつとめてさしあげやすぜ」

頼りにならぬ小者は短い裾を端折り、晒した尻をぱしっと叩く。

又兵衛は渋い顔で黙りこみ、どぶ板を避けながら歩きはじめた。

露地の抜け裏から大路に出て東へ進み、新堀川に架かる菊屋橋を渡る。

広大な寺領を誇る門跡前の一角に、紺の太鼓暖簾を風にはためかせた地廻りの店はあった。

裏にまわれば阿漕な高利貸しだが、本業は仏具商を営んでいるらしい。

店先には大小の仏像が無造作に置かれ、墓石なども積まれていた。

強面の連中が出入りするのをみれば、ただの仏具商でないことはすぐにわかる。

「旦那、おいらはここでお待ちしておりやすよ」

菊屋橋を渡ったあたりから、甚太郎の威勢は萎んでいた。

肝心なときに使えぬ小者のお手本だが、又兵衛は咎めもしない。

首をこきっと鳴らし、ひとりで店先へ向かった。

敷居をまたぐや、店のなかに屯していた連中が鋭い眼差しを浴びせてくる。

「徹蔵はおらぬか」

声を張ると、奥からひょろ長い優男が顔を出した。

左のこめかみから顎にかけて、百足が這ったような刃物傷が見受けられる。

真砂の徹蔵にちがいない。

「あっしに何かご用ですかい」

匕首の利いた声で問われ、又兵衛は顎を撫でまわした。

「こいつのことを聞きたい」

袖口から桔梗の根を取りだし、無造作に抛ってやる。

徹蔵は動揺の色もみせず、上がり端のそばに正座した。

「旦那はどちらから」

「数寄屋橋だ」

「なるほど、南町のほうでやすか。お見掛けしたところ、与力の旦那であられやすね。こいつを何処からお持ちになったんです」

「問うておるのは、こっちだぞ」

「へへ、じつは、あっしらも困っておりやしてね」

徹蔵は手下のひとりに顎をしゃくり、奥から木箱を持ってこさせる。

「ご覧くだせえ」

取りだしたのは、人の形に似た偽人参だった。

「あっしらも、偽物を摑まされたんだ。世のため人のため、薬礼も払えねえ病人たちのためになればと、高価な高麗人参を大量に仕入れたつもりが、ものの見事に騙されちまいやしてね。へへ、間抜けなはなしでさあ」

「誰に騙された」

「へへ、そいつは言えやせんや。町奉行所のお役人にゃ、手に負えねえ相手なんで。そいつらを束にまとめて引っ括っていただけるんなら、はなしは別でやんすがね。拝見したところ、旦那にそこまでのお覚悟はなさそうだ。あっしがまちがっておりやすかい。へへ、まだ何かおありで」

年は四十に届いておるまい。そのわりには、修羅場を潜ってきた者の貫禄が備わっている。何より、安易に袖の下を出さぬところがよい。

出直したほうがよさそうだなとおもい、又兵衛は踵を返した。

と、そこへ、外からのっそりはいってきた大柄な人影がある。

月代と無精髭を伸ばした、薄汚い浪人者だった。

こちらを目の端で捉えるや、はっとして顔を背ける。

「あっ、先生、お帰りなさい」

徹蔵の口調から推せば、用心棒なのであろう。

それにしても、何故、顔を背けたのだろうか。

何しろ、会ったおぼえのない相手だった。

「そういえば、旦那のお名を伺っておりやせんでしたね。よろしければ、お聞かせ願えやせんか」

徹蔵に促され、又兵衛は平然と応じた。

「平手又兵衛だ」

名乗った途端、用心棒の背中がびくっと反応する。

気のせいだろうか。

又兵衛は、徹蔵に問いかえした。

「そちらの御仁は用心棒か」

「ええ、さいですよ。地べたに根の生(は)えた馬庭念流(まにわねんりゅう)の達人でしてね、あっしの見立てじゃ、江戸でも一、二を争うほどの凄腕(すごうで)でやしょうね」

「ほう、それなら、名を聞いておかずばなるまい」

徹蔵は黙り、用心棒のほうをみる。

「妻恋友勝(つまこひともかつ)と申す」

用心棒は振りむきもせず、掠(かす)れた声を漏らした。

徹蔵が笑いながら言い添える。

「妻に恋すると書いて妻恋、湯島にある妻恋稲荷(つまごいいなり)の妻恋でさあ。ところが、こちらの旦那は独り身でやしてね、この世に余計な未練はねえ。へへ、用心棒にとって未練がねえほど強えものはねえというわけで」

妻恋は廊下にあがり、身を隠すように奥へ引っこんでしまう。

用心棒のくせに、どうして初対面の相手を避けようとするのか、又兵衛は理由を聞きたくなった。

四

聞きおぼえのある美しい唄声に誘われ、門跡前からさほど離れてもいない下谷の三味線堀までやってきた。

流れの滞った水面に、沈みかけた夕陽の欠片が溶けていく。

対岸の轉軫橋に目をやれば、菅笠をかぶった鳥追の後ろ姿がみえた。

おつたかどうかはわからない。

大声で呼んでも、遠すぎて声は届かぬだろう。

ひょっとしたら、七年前、おつたはこの三味線堀に夜舟で漕ぎだし、無理心中をはかったすえに、相手の男から喉を裂かれたのかもしれない。

三味線堀は大名屋敷に囲まれている。想像が当たっているとしても、どうしてこのようなところで心中をはかったのだろうか。釣り糸を垂れる太公望はたいてい、暇を持てあます勤番侍か、役を離れた隠居だった。心中を目論む遊女と情夫には不釣り合いなところのような気がしてならない。

「おもいすごしか」

さきほど見掛けた鳥追が、おつたとはかぎらないのだ。

甚太郎は立ち小便でもしにいったのか、何処かへ消えてしまった。

又兵衛は武家屋敷の狭間を縫うように歩き、神田川に架かる浅草橋までやってきた。

空の色は濃紺に変わり、大川へと注ぎこむ川面は生き物のように揺らめいている。

橋を渡って両国広小路を突っ切り、大川沿いの土手道をたどって薬研堀まで歩いた。

静香の言ったとおり、屋根看板に『井筒』と書かれた船宿がある。

船宿を訪ねる目途は、父の名を名乗った人物の素姓を教えてもらうためだ。

七年前のことゆえ、女将がおぼえていないかもしれぬし、同じ女将が仕切っているとはかぎらない。

ともあれ、薄暗い敷居をまたいでみると、変わり格子の褞袍を羽織った横櫛の大年増が内証でうたた寝をしていた。丸火鉢を抱えこみ、絶妙の均衡を保ちながら、前へ後ろへ船を漕いでいる。

こほっと空咳を放ち、又兵衛は声を掛けた。

「すまぬが、ちとものを尋ねたい」

大年増は動きを止め、ぱっと目を覚ます。

「おいでなされまし」

顎から垂れた涎を手の甲で拭い、灰に刺した鉄火箸を支えに、しんどそうに顔を持ちあげた。

「舟のご利用でござんすか」

「いいや、舟はいらぬ」

又兵衛が首を振ると、大年増は探るような目を向けてくる。

「女将か」

「へえ、さいですけど」

「この船宿には、いつからおる」

「物心ついた時分からおりますけど」

「それなら、七年前のこともおぼえておろう」

「七年前」

「聞きたいのは、無理心中をはかったおなごのことだ」

「無理心中」

女将はとぼけてみせる。素姓も知れぬ相手にたいして、はなそうか、はなすまいか、迷っているのだと見抜いた。

「そこに座ってもよいか」

「ええ、どうぞ」

又兵衛は上がり端に座り、落ちついた調子でつづける。

「わしは町奉行所の与力だが、御用の筋でまいったのではない。先日、おつたという喉に刃物傷のある鳥追が訪ねてきてな、わしの父に救われたのでお礼をしたいと申した。されど、父は十一年前に亡くなっている。七年前におつたを助けたとしたら、それは幽霊であろう」

女将は座り直し、黒繻子(くろじゅす)の襟(えり)をすっと寄せた。

「もちろん、昨日のことのようにおぼえておりますよ。夜烏(よがらす)の徹(てつ)っていう男は、女郎を騙して金を毟(むし)りとる小悪党でしてね、そんなやつに舟を貸したばっかりに、とんだ迷惑を蒙っちまった。それにしても、どうして三味線堀なんぞで無理心中をはかったのか。どうして徹はおつたの喉を裂いて逃げちまったのか、わからないことだらけでしたよ。とにもかくにも、無理心中が表沙汰になれば、商売に差し障りが出てくる。どうにか穏便に収められたのは、おつたを助けてくれた旦那のおかげなんです」

女将のはなしを整理すれば、おつたを無理心中に誘ったのは夜鳥の徹という小悪党だったらしい。井筒で舟を借りて大川を遡上し、やはり、蔵前の鳥越川を経由して三味線堀へと向かったのだ。そして、徹はおつたの喉を裂き、ひとりだけ逃げた。偶さか、異変に気づいた人物がおつたの命を救い、舟に記された屋号から薬研堀の『井筒』へ舟ごと戻ってきたのだ。

「おつたが血まみれでみつかれば、貸し舟の持ち主があらぬ疑いを掛けられたにちがいない。助けていただいた旦那には、そりゃ感謝しましたよ」

女将はほっと溜息を漏らし、急に黙りこんだ。

鉄火箸で炭を転がし、妖しげな眼差しを向けてくる。

ぴんときたので、又兵衛は袖口をまさぐった。

床に一朱金を置くと、女将は滑らかに喋りだす。

「おつたは性根の据わったおなごでしてね、岡場所を転々としながらも三味線の稽古を絶やさなかったそうです。努力の甲斐あって辰巳の白芸者になり、お座敷にも声が掛かるようになった。ところが、徹みたいなやつに惚れちまったせいで、さんざん貢がされたあげく、あんなことになっちまった。ええ、可哀相におもって、しばらくは船宿に置いてあげましたよ。ところが、あるとき、女好きの亭主がおつたを手込めにしようとしやがった。表六玉め、竹箒で叩きのめしてやりましたけど、おつたは申し訳ないからと、出ていっちまった。それきりですよ。可哀相に、おつたは門付の鳥追になっちまったんですね」

おつたのはなしも興味深いが、又兵衛には聞いておかねばならないことがある。

一朱金をもう一枚置くと、女将は愛想笑いを浮かべてみせた。

「旦那、さきほど仰った幽霊の名を伺ってもよろしいですか」

「平手又左衛門、それが亡くなった父の名だ」

「やっぱり。平手又左衛門というお名なら、たしかにお聞きしましたよ。何せ、おつたを救った旦那の口から漏れたお名ですからね。でも、その旦那は平手又左衛門じゃなかった」

「素姓を調べたのか」

「偶さか、うちの表六玉が旦那の顔を見知っておりましてね。ええ、ずいぶんむかしのはなしですけど、うちのはちんけな盗みで捕まって、小伝馬町の牢屋敷に繋がれたことがあったんです。そのとき、目にした旦那にちがいないと」

「牢役人だと申すのか」

「ええ、何日かあとに小伝馬町へそっと確かめに伺ったら、まちがいありませんでしたよ。年の頃なら四十過ぎ、でも、あれから七年経っておりますから、今は五十に近いかと。年恰好からして、旦那のお父上じゃございませんね」

「その人物の名を教えてくれ」

女将は目を伏せ、じっと黙りこむ。

又兵衛は三枚目の一朱金を床に置いた。

「塚本彦松というお名にお聞きおぼえは」

「ないな」

「それなら、もう牢屋同心を辞めておられるかも。何せ、しんどいお役目ですから」

「しんどい役目」

「ええ、うちの亭主が牢屋の格子越しに見定めたのは、蒼醒めた顔で土壇場へ向から塚本さまのおすがただったそうです。もう、おわかりでござんしょう。罪人の首を斬るのが塚本さまのお役目だったんですよ」

父の名を名乗ったのが首斬り役の牢屋同心と知り、又兵衛は動揺を隠せない。

すかさず、女将が身を乗りだしてきた。

「首斬り役の旦那がどうなったかは知りません。深入りは避けませんとね。何せ、不浄役人と下手に関われば、商売に差し障りがござんすから。もちろん、おつたにも素姓は黙っておきましたよ」

女将は口を噤み、上目遣いにこちらの反応を窺う。

「旦那、じつは、ほかにもひとつ。あと一朱置いていただければ、とびきりのはなしをお耳に入れてさしあげますよ」

勢いに呑まれ、又兵衛は言われたとおりに一朱金を置く。

女将はふっと微笑み、内証からごそごそ抜けだしてきた。

「旦那がおつたと会ったと仰るなら、今から申しあげるおはなしは一朱どころか、一両の価値はござんすよ」

「もったいぶらずに教えてくれ」

「おつたの喉を裂いて逃げた男のことです」

「夜鳥の徹か」

「ええ、つい先だって、そいつの顔を見掛けましてね。七年前は半人前の小悪党だったのに、ずいぶん出世しておりました。ええ、見掛けたのは浅草の門跡前です。表向きは仏具屋ですけど、徹は地廻りの元締めに成りあがっておりました」

「何だと」

「ひょっとして、ご存じですか。徹は名を変え、真砂の徹蔵と名乗っております。よく知る者によれば、頓死した先代の女房を寝取って、まんまと後釜に座ったんだとか」

驚いた。偽人参の件で疑いを掛けている相手が、おつたの喉を裂いて逃げた男であったとは。これほどの偶然は万にひとつもあるまい。

「旦那、どうなされたの」

気づいてみれば、女将の顔が息が掛かるほど近くにある。

「亭主が半月前に出ていっちまったきり、帰ってこないんですよ。あたしね、まさと申します。よろしかったら、名を呼んでくださいな」

酸っぱい匂いに、つんと鼻をつかれた。

おまさは膝をくずし、腕にそっと触れてくる。

又兵衛は立ちあがり、逃げるように外へ飛びだした。

さて、どうしたものか。

混乱する頭であれこれ考えながら、暗い川を背にして歩きはじめた。

五

塚本彦松なる首斬り役人が、船宿の女将に父の名を名乗った理由はわからない。

いずれにしても、首斬り役人が「平手又左衛門」と名乗ったせいで、鳥追のおつたは屋敷にまで訪ねてきた。しかも、七年前におつたの喉を裂いて逃げた男は浅草の地廻りに成りあがり、又兵衛が秘かに探索を命じられた偽人参の取引に関わっている。

上から押しつけられた密命ゆえに、面倒臭い気持ちが先走っていたものの、両者のおもいがけない結びつきは又兵衛を動揺させ、いやが上にも本気にならざるを得ない心境に追いこまれた。

あたりは闇に包まれているというのに、気づいてみれば小伝馬町までやってきた。

通りを隔てたさきの牢屋敷には、六尺棒を持った門番が門松のように立っているだけで、周囲はしんと静まりかえっている。

牢屋敷に用はないので、役人になってからもほとんど足をはこんだことがない。暗い時刻に訪れるのは気が引けたものの、門番に聞くだけは聞いてみようとおもい、身を屈めながら近づいていった。

「すまぬが、牢屋同心の塚本彦松を呼んでもらえぬか」

遠慮がちに申し出ると、仏頂面の門番は不審な顔をする。

「あの、どちらさまで」

「南町奉行所与力の平手又兵衛だ」

「お役目は」

「例繰方だが」

内勤と知ったせいか、門番は薄笑いを浮かべ、小莫迦にしたように言いはなつ。

「塚本彦松なる御仁はおられませぬが」

「辞めたのか」

「はて、わかりかねます」

取りつく島がない。こちらの素姓を疑っているのだろう。

仕方なく踵を返し、通りを渡って塀際に戻りかけた。

「旦那」

天水桶の陰から、掠れた声が掛かる。

顔を向けると、皺顔の男があらわれた。

片足を引きずり、懸命に近づいてくる。

「お引き留めしてすみません」

「何か用か」

「さきほど、塚本彦松ってお名を小耳に挟んだもので」

「塚本を存じておるのか」

「首斬り役人の塚本さまなら、五年前にお辞めになりましたよ」

「そうであったか」

「詳しい経緯をお知りになりたければ、すぐそこの千代田稲荷の裏に『八丈』という青提灯の居酒屋がございます。親爺は牢屋敷のことなら知らぬことはないと言われておりますから、そちらでお聞きになったらいかがかと」

「ありがたい、よう教えてくれたな」

「胡麻塩頭の親爺は五郎次といいましてね、島帰りなんですよ。どんな罪を犯したのかは知りません。ずいぶんむかしに恩赦で娑婆に戻されたらしいんだが、たいそう気難しい男で。わたしに教えられたと仰っていただければ、門前払いはせぬでしょう」

「おぬし、名は」

「ふっ、しがない蠟涙集めにございますよ」

「蠟涙集めか」

武家屋敷を経巡って蠟燭の燃え残りを搔き集め、溶かして蠟燭に再生する仲買のもとへ持っていく。朝から晩まで足を棒にして歩きまわっても、小銭数枚ぶんほどしか稼ぐことのできぬ仕事だ。

男は名乗りもせず、暗がりに消えてしまう。

又兵衛は踵を返し、ふたたび通りを渡って横道へ逸れた。

石段に沿って朱の鳥居が幾重にも連なる千代田稲荷の裏手へまわると、狭い露地のどんつきに青提灯が揺れている。

「あそこか」

近づいてみると、提灯に『八丈』と墨書きされてあった。

五郎次はもしかしたら、二度と戻ってこられぬという八丈島に流されていたのだろうか。

考えをめぐらせながら縄暖簾を振りわけ、内を覗いてみると、客は二、三人しかいない。

胡麻塩頭の親爺は、板場の隅で影のように佇んでいた。

こちらを睨みつける客たちの目が尋常ではない。島帰りなのかもしれぬと察しつつ、奥の床几に座を占める。

親爺が気配もなくやってきた。

「五郎次か」

「へい」

「塚本彦松のことを聞きたい」

さっそく投げかけると、五郎次はじっと黙りこむ。

「ここに来れば教えてもらえると聞いた」

「誰にです」

「片足を引きずった蠟涙集めだ」

どうしたわけか、客が順に小銭を置き、見世から出ていってしまう。

五郎次は板場へ引っこみ、燗酒と浅蜊の佃煮を運んできた。

又兵衛は置き注ぎで一杯呑み、指で佃煮を摘まんで口に入れる。

「ほう、浸かりの塩梅が絶妙だ。自前か」

「へい」

「通いたくなる味だな」

「旦那、塚本さまの何をおはなしすればよろしいので」

五郎次の顔からは、警戒の色が消えていない。

又兵衛は目を逸らし、空になったぐい呑みに銚釐をかたむけた。

「まずは、人となりを聞こうか」

「余計なことは喋らず、お役目をきっちりこなす。塚本さまほど地獄の門番に相応しいお方はおられやせんでした」

「地獄の門番か」

　土壇場に座らされた罪人は、面紙で顔を隠すまえに、かならず、首斬り役人のほうを見上げる。どうか、苦しまずに逝かせてくれと、目顔で訴えるのだ。塚本は顎を引き、承ったと無言で返す。そうした一瞬のやりとりが、格子越しにみつめている囚人たちにもわかったのだという。

「塚本さまに首を落とされるのなら本望だと、罪人なら誰もがおもっていたにちげえねえ」

「それが五年前に役を辞した。経緯を教えてくれ」

五郎次は目を伏せ、ぼそっと漏らす。

「女の罪人を斬り損ねたんでさあ」

「ん、女をか」

「へい。おかじっていう地廻りの妾で、旦那に毒を盛ったんです。ほんとうなら、小塚原の刑場で磔になるところでやしたが、正気じゃなかったとされたみてえで、罪が一等減じられた」

下された沙汰は死罪、牢内の艮にある斬り口にて夜間に斬首されることとなった。

女囚の斬首はめずらしい。しかも、おかじはなかば正気を失い、土壇場へ引っ立てられるあいだも暴れていた。土壇場には篝火が焚かれ、格子内から遠目に眺めた囚人たちは薪能でもみているような錯覚に陥ったという。

「面紙を付けられた途端、おかじは半狂乱になって叫んだそうです。自分は誰かにそのかされて毒を盛った。そいつだけ助かるのは理にかなわねえと喚き、面紙を食い破ってみせた。塚本さまは手許を狂わせ、おかじの首を落とし損なった。一刀目が右肩に食いこみ、おかじは悶絶しながら死んでいったそうです」

返り血を浴びた塚本は仁王のように佇み、しばらくは身動きもできなかった。

そして、翌日からすがたをみせなくなり、爾来、行方を知る者もいないという。

「今は生きているのかどうかも」

「わからぬか」

「へい」

「この見世には」

「一度だけ、来ていただいたことがありやした。今から七年前、正月の藪入りだったもんで、よくおぼえておりやす。三味線堀に釣りにいった帰えりだと仰り、燗酒をちびちび呑んでいかれやした。釣果もねえのに、何やら嬉しそうで、めずらしいこともあるもんだとおもい、何かよいことでもと、お尋ねしちまったんです」

五郎次は、ふっと黙る。

又兵衛の顔が強張っているのをみてとったのだ。

「旦那、大丈夫ですかい」

「大丈夫だ。はなしをつづけてくれ」

「へい。塚本さまは仰いやした。柄にもなく、人助けをしてきた。だから、一杯呑みたくなったと。しかも、自分は他人に感謝されるような者ではない。それゆえ、敬愛するお方の名を名乗ってきたと、酔いに任せて仰ったんです」

「敬愛するお方の名……塚本彦松は、その名をおぬしに告げたのか」

「いいえ、そこまでは。でも、そのお方の口癖を教えていただきやした」

又兵衛は身を乗りだす。

「その口癖、おぼえておるなら教えてくれ」

「塚本さまは『命を粗末にしてはならぬ』と、面と向かって仰いやした。土壇場でいくつもの首を斬ってこられたお方の口から漏れたおことばだった。島流しの身にとってみりゃ、千鈞の重みがごぜえやした。忘れようはずもござんせん」

「ふうむ」

又兵衛は唸った。

五郎次は、ことさらゆっくり喋りだす。

「塚本さまは、誰を助けたかは仰らなかった。でも、女だろうって、あっしはおもいやした。じつは、塚本さまがおかじを斬り損ねた日も藪入りで、閻魔さまの斎日だった。七年前に女の命を助け、その二年後に女の首を斬り損ねたあげく、お役を辞したことになりやす。逆しまならよかったのに、これも何かの因縁と言うよりほかにねえ」

五郎次は手酌で酒を注ぎ、かぽっと呑んでさらにつづけた。

「それにしても、おかじは罪深い女だ。土壇場で半狂乱になっても、自分をそそのかした情夫の名は吐かなかった。毒を盛られた地廻りは、真砂の惣八といいやしてね」

又兵衛は目を剝いた。

「待て、今、真砂と申したな」

「ええ、若い者あがりの入り婿だったってはなしですが、浅草の門跡界隈じゃ、けっこう名の知られた俠気のある親分さんだったとか」

又兵衛は押し黙り、空になったぐい呑みを睨みつける。

頭のなかでは因果の糸車が音を起ててまわりはじめていた。

六

父の名を名乗ったとおぼしき牢屋同心の塚本彦松は、七年前に三味線堀でおったの命を助け、その二年後におかじという妾の首を斬り損ねたあげく、長年勤しんだ首斬り役を辞した。

塚本の「敬愛するお方」が父の又左衛門ならば、ふたりにはいったいどういう繋がりがあったのだろうか。本人を捜しあて、是非とも聞いてみたかった。

一方、おつたの喉を裂いて逃げた夜鳥の徹は徹蔵と名を変え、何の因果か、おかじが毒を盛った旦那の後釜となり、真砂一家を束ねている。しかも、徹蔵には偽人参を売った疑いがあり、評定所留役から課された密命を果たすには避けて通れない相手でもあった。

事は複雑な様相をみせ、絡まった糸を解すのは容易でない。

ひとりでは手に負えぬと判断し、嫌がる長元坊に助けを求めた。

常盤町の揉み療治所を訪ねたのは三日後の十一日夕刻、商家では帳面を綴じて祝う帳綴や蔵開き、武家では具足開きや鏡餅を割る鏡開きなどがおこなわれる日だ。

長元坊は火を入れた竈のそばに立ち、真子鰈の「小突き釣り」について喋っていた。

「真子鰈の雌は今ごろの時季、産卵で浅瀬にのぼってくる。だからな、のぼり真子と呼ばれんのさ。そいつを柄の短い手ばね竿で釣る。錘で水底をとんとん叩いて小突き、竿をひょいとあげて鰈を誘う。するとな、やつらはぱっくり食いつく。へへ、さあ、できあがったぜ」

置かれた平皿のうえで、さっと煮付けた真子鰈が湯気をあげている。

煮汁で炊いたおからや、仕込んでおいた煮こごりも小鉢で出された。

「小突き釣りを教えてくれたな、おめえの死んだお父上さ。息子のおめえにゃ厳しかったが、洟垂れのおれにゃ優しくしてくれた。母親を亡くして婆さまに育てられたのを不憫におもったのか、自分で釣った真子鰈を持ってきてくれたこともあった。それを婆さまが煮付けにした。煮汁を飯に掛けて、おれは必死にかっこんだ。幸せだったな。あの味だけは忘れらんねえ。おれのなかで一番のご馳走はまちがいなく、あんときの真子鰈だろうな」

何やら、しんみりしてくる。

口に入れた真子鰈の味が、塩っぱく感じられた。

長元坊は銚釐をかたむけ、燗酒を注いでくる。

「真砂の徹蔵のこと、調べてきたぜ」

「ん、そうか」

「真砂一家は幕初から門跡界隈に根付いた地廻りでな、血筋を継いだのは本妻のおみつだ。先代の惣八は入り婿だが、俠気で売ったなかなかの人物だったらしい」

「ふうん」

毒を盛った廉で捕まった妾のおかじは、惣八に身請けされた吉原の遊女だった。

「大見世で御職を張っていたほどの人気者でな、詳しい者に聞いたはなしじゃ、相当に気位が高かったらしいぜ」

本妻の座を奪おうと狙っていたというはなしもある。惣八も生前は入れあげていたらしく、本妻のおみつは嫉妬心からか、癇癪ばかり起こしていた。

「だから、ほんとうはおみつが毒を盛ったんじゃねえかと噂する者もあったほどだったとか」

おかじは捕まり、吟味方から自分が毒を盛ったとの口書も取られている。本妻の顔色を窺った惣八から別れてほしいと告げられ、頭に血をのぼらせたあげくにやったことのように記されていた。

だが、物狂いの様子をみせて罪を一等減じられた点から推すと、秘された事情があったのではないかと勘ぐってしまう。

「何せ五年前のはなしだ。何があったかはわからねえ。でもな、当時、おかじにや情夫がいた。女誑しの遊冶郎だ。名はわからねえが、綽名はわかった。ふん、夜鳥だよ。おめえの見立て通りさ」

　三味線堀で無理心中をはかって逃げた夜鳥の徹が、妾のおかじを誑しこんで遊び金をせびっていた。

「しかも、徹が粉を掛けたな、妾だけじゃなかった。ほんとうの狙いは、本妻のおみつだ。どんな手管を使ったか知らねえが、徹はおみつを誑しこみ、惣八が毒を盛られて死んでから半年も経たねえうちに、真砂一家の後釜に座っちまった」

　徹から徹蔵に名を変えたところで、性悪な正体を隠しとおすことはできない。一家の古株連中からは胡乱な目でみられたが、徹蔵はおみつの力を使い、敵対する連中をことごとく斥けていった。とどのつまり、一家には徹蔵の言うことを聞く者しか残っていないという。

「むかしの侠気は何処へやら、今は阿漕な商売しかやらぬ破落戸一家になりさがった。でもな、世の中ってのは妙なもんで、下手に侠気を売るよりも悪党に徹するほうが重宝がられるらしい」

徹蔵の率いる真砂一家を手足に使い、汚れ役をやらせている者たちがいるという。

「金満家の商人どもだ。なかでも、徹蔵を可愛がっているのは、日本橋本町三丁目の薬種問屋でな」

又兵衛はぴくっと、片方の眉を吊りあげた。

長元坊はもったいぶるように、冷めた酒を注いでくる。

「屋号は能見屋、主人の名は藤右衛門。もちろん、高麗人参も扱う大店だぜ」

「能見屋か」

薬用人参には、対馬藩経由の高麗人参と長崎経由の唐人参、国産の御種人参があり、もっとも高価な高麗人参は拇指大の大きさで十両はするとも言われていた。だが、並外れて優れた薬効ゆえに、どれだけ金を積んでも手に入れたがる金満家は大勢いる。

「十両どころじゃねえ。偽人参が市中に出まわってからというもの、本物の値は三倍に跳ねあがったってはなしだ」

「わざと偽人参を出まわらせ、本物の値を吊りあげる。なるほど、それが狙いなら、能見屋が徹蔵に偽人参を売らせた黒幕かもしれぬな」

「そいつはわからねえ。でも、調べてみる価値はある」

長元坊はにっと笑い、空の銚釐を提げて竈へ向かう。

「十七、八の頃、荒れていたおれは喧嘩に明け暮れていた。あるとき、おめえのお父上がふらりとやってきて、おれの頬を平手でおもいきり叩き、何も言わずに去った。おれは鼻血を流したまま、しばらく呆気に取られていた。たぶん、ありがてえとおもったにちげえねえ。翌日から人が変わったように改心したってはなしさ」

長元坊は燗の加減をみながら、背中で淡々と喋りかけてくる。

「おれは勝手に、おめえのお父上が親代わりだとおもってきた。だから、辻斬りに斬られたって聞いたときは、恐ろしくて、からだの震えを止めることができなかった。おもいだしたくもねえ、冷てえ雨の降る晩だったたな。お父上は背中をばっさり斬られ、半月のちに逝っちまった。一度も目を開けずにな。どうして、あんな惨え死に方をしなきゃならねえんだって、おれは今でも神仏を恨んでいる」

長元坊の背中をまともにみることができない。

もちろん、最期まで父の枕元に座りつづけ、茶毘にも付したが、又兵衛は長いあいだ忘れようとつとめ、封印したはずの記憶だった。

「鳥追がおめえを訪ねてきたはなしを聞いたとき、おれの頭んなかにゃ、無言で叱ってくれたお父上の顔が浮かんできた。鳥追のすがたを借りて、何かを伝えにきたんじゃねえかと、そうおもった。だから、上の密命だろうが何だろうが、おれは真砂の徹蔵と偽人参の関わりを調べてやると決めたんだ。おめえに頼まれて動いたんじゃねえ。それだけは言っとくぜ」

幼馴染みのことばが身に沁みた。

長元坊はそばに近づき、飯の盛られた丼をとんと置く。

「さあ、煮汁を掛けて食え」

「よし」

又兵衛は飯に真子鰈の煮汁を掛け、必死の形相でかっこんだ。

「くそっ」

美味すぎて涙が出てくる。

釣った真子鰈を自慢げに掲げる父のすがたが、瞼の裏に浮かんできた。

「どうせ、上はおめえを使い捨てにする気だろうさ。それなら、こっちはこっちのやり方でやりゃいい。悪党どもを芋蔓みてえに引きずりだし、ひとり残らず引導を渡してやりゃいい。又よ、ちがうか」

「ああ、そのとおりだ」

力強く応じようとすれば、涙声になってしまう。

無惨な死に方をした父のことをおもいだすと、冷静ではいられなくなるのだ。

そんな自分に、又兵衛は一抹の不安を抱いた。

七

十四日にはどの家でも年越しの祝いとして、三寸ほどの檜や柳の枝を采配の形に削って門戸に下げる。これを削掛けと呼ぶのだが、又兵衛が長元坊と訪ねた日本橋本町三丁目の商家には、これみよがしに尺余の削掛けがぶらさがっていた。

「ふん、うだつの高さも尋常じゃねえ。儲かりすぎて、笑いが止まらねえようだな」

屋根看板には「薬種問屋　能見屋藤右衛門」とある。

「薬屋のまえは、浅草で蓑を売っていたらしいぜ。衆生を病から守る蓑になりてえと願い、蓑屋から薬屋になった。そんときに、屋号のみのをのみにひっくり返して能見にしたんだとよ」

「ふうん」

能見屋や蓑屋といった屋号を何処かで目にしたような気もする。だが、神憑った記憶の持ち主である又兵衛にしてはめずらしく、おもいだすことができない。

ちっと、長元坊は舌打ちをする。

「殊勝な態度で悪事をはたらく。たぶん、そうした手合いだろうぜ」

広々とした敷居をみれば、仲買の商人たちがひっきりなしに出入りしており、繁盛ぶりは手に取るようにわかった。

「昨晩も辰巳芸者をあげての大宴会さ。主役は偉そうな武家でな、雄藩の重臣か大身旗本だろうぜ。提灯持ちはもちろん、真砂の徹蔵だよ」

長元坊の言うとおり、能見屋は地廻りの徹蔵を手懐けている。徹蔵が偽人参を市中に出まわらせているのも、おそらくは能見屋の指図であろう。ただ、二、三日周囲を探っただけでは、何ひとつわからなかった。悪事の証拠を掴むには、真正面からぶつかり、波風を立ててやるのが手っ取り早い。

大路を渡ろうとして、又兵衛はふいに足を止めた。

「おい、どうした」

不思議がる長元坊に問われ、敷居のほうに顎をしゃくる。

月代と無精髭を伸ばした大柄な浪人者が、ちょうど敷居をまたいだところだ。

「真砂一家の用心棒だぞ」

「妻恋友勝とか抜かす野郎か」

「ああ、馬庭念流の遣い手らしい」

「びびってんのか」

「いいや」

「なら、行こうぜ。用心棒が使い走りで来たのなら、おれたちのことも徹蔵に伝わる。かえって好都合じゃねえか」

「よし、まいろう」

大股で通りを渡り、長元坊をさきに立てて敷居をまたいだ。

内をぐるりと見渡しても、妻恋のすがたはない。

古株の番頭が、内証から抜けだしてきた。

「何ぞご用でしょうか」

こちらの風体が店にそぐわぬせいか、不審な眼差しを向けてくる。

「番頭じゃはなしにならねえな」

長元坊はわざと乱暴な口調で言い、ぎろりと目を剝いてみせた。

そのとき、店の片隅に不穏な気配が立ちのぼったのに気づいた。

みやれば、菅笠をかぶった小者が冷たい三和土のうえで膝を抱えている。

店のなかなのに菅笠を取らぬのは妙だが、ほかの奉公人は気に掛ける素振りもみせない。置物も同然ゆえに、気づかぬのであろうか。

でっぷり肥えた男が濃紺染めの暖簾を振りわけ、奥の部屋からすがたをみせた。

主人の藤右衛門であろう。

古株の番頭が近づき、耳許で何か囁く。

藤右衛門はうなずきもせず、上がり端へ近づいてきた。

いかにもしんどそうに座り、慇懃な態度で喋りかけてくる。

「手前が能見屋の主人にござります。何かご用で」

太りすぎていて、顎と喉の境目がわからない。

ぎょろ目は充血し、団子っ鼻にはぶつぶつがあった。

「おめえが主人か。さっそくだが、こいつをどう説く」

長元坊は袖口をまさぐり、人の形をした桔梗の根を抛った。

能見屋は根を拾いもせず、平然ととぼけてみせる。

「偽人参にございますな。こんなものが市中に出まわり、たいそう困っておりました。折をみて、御奉行所へご相談申しあげようかとおもっていたところで」

「出張ってくる手間が省けたな。こちらは南町奉行所の与力さまだよ」

「ふふ、そんな気がいたしました。失礼ながら、お名を伺っても」

長元坊は後ろに引っこみ、又兵衛が前面へ乗りだす。

「平手又兵衛だ。能見屋、おぬしの返答次第では、厄介なことになるかもしれぬ」

「えっ、どういうことでござりましょう」

「偽人参を出まわらせておるのは、おぬしかもしれぬ。そんな噂もあってな。正直に喋ったほうが身のためだぞ」

「くふふ、手前が偽人参を。おもしろすぎて、腹が捩れてしまいます。だいいち、何の利があるというのです。偽人参が出まわれば、薬効を疑って本物の高麗人参を買う者は減じるのですぞ。しかも、仕入れ値が三倍にも跳ねあがってしまいます。苦労して売っても、利幅は少なくなる」

さすが海千山千だけあって、堂々と筋の通った応じ方をする。

又兵衛は肩の力を抜き、鼻で笑ってやった。

「ふん、まあよい。そうやって、屁理屈を並べておればよいさ」

「平手さま、いったい何がお望みで」

能見屋は阿漕な商人らしく、口端に嘲笑を浮かべてみせる。そして、内証に控える番頭の名を呼んだ。

「清吉、あれを」

「へえ」

阿吽の呼吸で立ちあがった番頭は、白い紙包みを携えてきた。

それを床に滑らせる。

厚みから推して、五両はあろう。

あらかじめ、袖の下が用意されていたのだ。

又兵衛は紙包みを拾い、何食わぬ顔で袖口に仕舞った。

「また来る。それまでに、ちゃんとしたこたえを用意しておけ」

捨て台詞を残し、長元坊ともども踵を返した。

舌打ちこそ聞こえなかったが、射るような眼差しを背中に感じた。

それよりも気になったのは、踵を返す直前、主人の藤右衛門が菅笠の男にちらりと目配せを送ったことだ。

店の外へ逃れると、日常の風景がそこにある。

「じゃあな」

長元坊は大路を渡り、真砂の徹蔵を張りこむべく足早に遠ざかっていった。

又兵衛はひとりで反対側の道をたどり、茜色の空を見上げながら日本橋のほうへ向かう。

行き交う荷車や人々が夕暮れの景色に溶けこみ、夢とうつつの境目が判別し辛くなってきた。逢魔刻とはよく言ったものだ。気のせいであろうか、さきほどから背中に何者かの気配がまとわりついている。

ためしに途中で横道に逸れてみた。

日本橋にも江戸橋にも向かわず、左手の魚河岸を突っ切って親父橋へ進む。

橋を渡れば芝居町、喧噪から逃れた露地裏は芳町である。

蔭間茶屋が軒を並べる淫靡な界隈は、日中は人通りがほとんどない。

尾けてくる者を誘きだすには、もってこいの場所だった。

少しばかり、甘く考えていたのかもしれない。

さきほど程度の脅しに乗ってくるようなら、能見屋もたいしたことはないと、内心では高をくっており、それが慢心に繋がるとはおもってもみなかった。

露地をいくつか曲がり、袋小路へやってくる。

周囲に人影はなく、どぶ臭さだけが漂っていた。

一陣の旋風が巻きおこり、着流しの裾を攫っていく。

殺気は音もなく忍びより、唐突に襲いかかってきた。

「ふん」

振りむきざまに抜刀し、又兵衛は刃引刀を薙ぎあげる。

ばっと、菅笠が飛んだ。

身を屈めた男は頭頂だけを剃り残し、三つ編みに結った髪を長い紐のように垂らしている。弁髪という髪形をみれば、唐人であることはすぐにわかった。

能見屋で見掛けた小者だ。

対峙してみれば、細身で異様に手足が長い。

切れ長の眸子は兎のように赤く、薄い唇は紫色にみえた。

能見屋子飼いの刺客であろう。

背中から棍を取りだし、無造作に身を寄せてくる。

「はおっ」

奇声を発し、棍を繰りだしてきた。

――がつっ。

刃引刀で受けるや、一本の棒にしかみえぬ棍が三節に折れる。

先端で左の胸を打擲され、うっと息が詰まった。

片膝をついたところへ、二撃目が振りおろされる。

「殺っ」

脳天を狙った一撃だった。

地べたを転がり、何とか避ける。

身を起こすや、激痛に顔が歪んだ。

肋骨に罅がはいったにちがいない。

おそらく、左手は当面のあいだ使いものにならぬだろう。

唐人は三節棍を捨て、千枚通しのような暗器を取りだした。

地を滑るように迫り、喉元めがけて突いてくる。

「うっ」

避けきれぬと察し、又兵衛は目を瞑った。
そのまま、意識が暗い沼の底へ沈んでいく。
喉を串刺しにされ、地獄へ堕ちたのだろうか。
それにしては、実感がなさすぎた。
誰かに担がれ、遠くまで運ばれたようにもおもう。
ようやく目覚めたときは、八丁堀の屋敷に着いていた。
誰かの手で門前に抛られ、板壁に頭を打って目を覚ましたのだ。
遠ざかる大きな背中が、ちょうど辻を曲がって消えたところだった。
「誰だ、あれは」
もちろん、唐人の刺客ではない。長元坊でもなかった。
見も知らぬ誰かに助けられたのだろうか。
ともあれ、生きているのが不思議だった。
頬を抓ろうとして左手をあげた途端、胸に激痛が走りぬけた。

八

肋骨は軋むように痛んだが、晒しをきつく巻いて我慢した。

家でも奉行所でも痛みを堪え、表向きは涼しい顔を繕ったので、気づいた者はおるまい。褥をともにする静香だけは気づいたが、うっかり転んでしまったのだとお茶を濁した。

それにしても、いったい誰が助けてくれたのか。助けられた理由もわからない。

厄介なのは、傷を負わされ、かえって能見屋の悪事を暴く気持ちが掻きたてられたことだ。深入りは避けるべきだとわかっていながら、のめり込まずにはいられない。

怒りや口惜しさのせいで熱くなっている自分を、又兵衛は持てあましていた。

十五日は左義長、正月の供え物を焚き捨て、焚火で焼いた餅を食べる。朝餉には小豆粥を食し、五臓六腑の働きを整えた。

又兵衛が奉行所から屋敷に戻ると、義父の主税は番茶を呑みながら、わけのわからぬ呪文をつぶやいている。

「じいたしむがな、じいたしむがな……」

又兵衛は気になって、そっと尋ねてみた。

「義父上、それは何の呪いでしょうか」

「呪いなんぞではない。護符の文言を読んでおるのじゃ」

顎をしゃくったさきの板壁には、虫封じの護符が貼ってある。

「婿どの、じいたしむがなとは、どういう意味じゃ」

「ああ、なるほど、虫封じの護符ゆえに、わざと逆さ読みに書いてあるのですよ。あれは、ながむしたいじ、すなわち、長虫退治と読むのでござります」

みずからこたえておきながら、はっと気づいたことがあった。

「助けてくれたのは、あの御仁かもしれぬ」

ひとりごち、主税に礼を言って部屋を出た。

二刀を帯に差して冠木門へ向かう。

「あの、どちらへ」

めずらしく、静香が追ってきた。

肋骨の傷を案じているのだろう。

「遅くはならぬ。されど、夕餉はいらぬ」

「はい」

俯く静香の頬に右手で触れた。

「案ずるな。果たし合いに向かうわけではない」

「果たし合いならば、助太刀いたします」

「心強いな」

正直な気持ちだった。静香は富田流の小太刀術を修めている。

「助太刀が要るときは申すゆえ、そのときは頼む」

「はい、かならずお申しつけくだされまし」

「ふむ、さればな」

又兵衛は夕暮れの町を北へ歩きつづけ、あたりが薄暗くなった頃、浅草の門跡前までやってきた。

通りを隔てた向こうには、真砂一家の太鼓暖簾がはためいている。

主税が口ずさんだ逆さことばにはっとしたのは、頭の片隅に引っかかっていたことがあったからだ。

「勘は外れておるまい」

又兵衛は肋骨の疼きに耐えながら、ひたすら物陰で誰かを待ちつづけた。

そして、一刻（約二時間）ほど経過したとき、ようやく待望の相手が裏口からすがたをみせた。

連れがいないことを確かめ、大柄な男の背中を尾けていく。

男は継ぎ竿を提げていた。
「夜釣りか」
もはや、行き先はわかったも同然だ。
おもったとおり、やってきたのは三味線堀にほかならない。
轉軫橋のほうにまわり、男は桟橋へ下りていく。
貸し舟が繋留されているのはわかっていた。
又兵衛は小走りになり、急いで桟橋へ下りる。
男はちょうど、小舟の纜を解いたところだった。
「お待ちを」
又兵衛は声を張り、小舟のそばまで駆けていく。
「申し訳ないが、ごいっしょさせてもらえぬか」
振りむいた男は、用心棒の妻恋友勝である。
こちらを睨みつけ、無言でうなずいた。
又兵衛は船尾に乗りこみ、棹を拾う。
小舟は音もなく、暗い川面に滑りだした。
妻恋は立ちあがり、右手を差しだす。

「棹を寄こせ」

「何故です。もしや、それがしの怪我をご存じなのでは。ふふ、呉越同舟というわけですな、塚本彦松どの」

「何っ」

「まことの名を呼ばれ、驚かれたか」

「ふん、世迷い言を申しておるのか」

「おとぼけにならずともよい。妻恋友勝を仮名にすれば、つまこひともかつ、これを逆さ読みにすれば、つかもとひこまつになります。誰かに知られたくない名を名乗るなら、細工はせぬほうがいい」

塚本は観念したのか、船首でじっと黙りこむ。

又兵衛は棹を手渡し、なかほどの舟板に座った。

「真砂一家でお見掛けしたとき、あなたは目を逸らされた。あのとき、それがしの素姓に気づかれたのですね。それがしが能見屋を訪れたことも気づいておられた。唐人の刺客から救っていただかなければ、今ごろは生きておらなんだはず。あなたは命の恩人です」

「そのようなたいそうなものではない」

わずかな沈黙のあと、又兵衛ははなしを変えた。

「七年前、この三味線堀で情夫に喉を裂かれた女をお救いになりましたね。おつたという女は鳥追になり、十日ほどまえ、八丁堀まで訪ねてまいりました。助けてもらった礼がしたい。その一念でやってきたところが、船宿の女将に平手又左衛門と告げた人物は、それがしの父ではなかった」

棹を握る塚本の横顔を見上げ、又兵衛は問うた。

「何故(なにゆえ)、父の名を名乗られたのですか」

塚本はこちらをみず、低声(こごえ)で応じる。

「平手又左衛門さまを敬(うやま)っておった。それゆえ、船宿の女将に名を尋ねられたとき、おもわず告げてしまったのだ。得手勝手(えてかって)に名を使い、申し訳ないとおもうておる」

「父とは何処で会われたのか」

「忘れもせぬ、今から十二年前の正月であった。髪下げの半六なる罪人が牢屋敷内にて斬首されるに際し、お父上が立ちあわれたのだ。吟味方の与力ともなれば、横柄(おうへい)を絵に描いたような御仁ばかりとおもうておったが、お父上はちがった。首斬り役人のわしなんぞに深々とお辞儀をされ、よろしく頼むと仰ったのだ。驚いたことに、その様子をみていた半六が涙を流しておった」

裁く側と裁かれる側のあいだに、奇蹟のような信頼が築かれていたのだという。

「事情を知る者たちに聞けば、お父上は斬首される罪人にたいして、かならず『命を粗末にしてはならぬ』と諭すらしかった。わしは不思議におもった。死にゆく者に掛けることばではないからな。理由がどうしても知りたくなり、おもいきって数寄屋橋御門内の南町奉行所を訪ねた。お父上は笑いながら、こたえてくれた。『罪を償う気持ちさえあれば、どれほど兇悪な者でも地獄には堕ちぬ。人は死に様こそが肝心だ。改心したことをしめし、死ぬ間際まで堂々としておれば、神仏はかならずお赦しくださる。立派な死に様は語り草となり、人の良心を信じてみようという世の流れに繫がるのではないか。かなわぬ望みかもしれぬが、わしは望みを持ちつづけたい』と、お父上は仰った。『命を粗末にしてはならぬ』ということばに、それほどの深い意味が込められていると知り、わしは心の底から感銘を受けたのだ」

父には「好きなときにいつでも訪ねてこい」と言われたが、塚本は遠慮して二度と訪ねなかったらしい。牢屋敷の外で会話を交わしたのは一度だけであったが、平手又左衛門を心の師に決めていたと、塚本は告げた。

又兵衛は父を身近に感じ、しんみりとしてしまう。だが、ほかにも聞きたいことはあった。

「五年前、あなたはおかじの首を斬り損なった。それが理由で役を辞されたのですね」

「そこまで調べておったのか」

「はい。おかじは真砂一家の先代に毒を盛った罪で捕まった。しかも、おかじの情夫だった夜鳥の徹は、七年前にあなたが助けたおつたの喉を裂いて逃げた男でもあった」

「役を辞したときは知らなかった。浪人になって四年目に、偶さか浅草の賭場で真砂一家の束ねになった徹蔵と知りあった。おかじのこともあったゆえ、徹蔵のむかしを調べてみたら、おかじの情夫だったばかりか、本妻のおみつを誑しこんで後釜に座ったことも、七年前に夜鳥と名乗っていたこともわかったのだ」

徹蔵のむかしを調べるのに苦労したが、おつたの喉を裂いて逃げた情夫とわかったときは、運命の恐ろしさをおもわずにはいられなかったという。

「わしは徹蔵を疑った。五年前におかじをそそのかし、先代に毒を盛ったのではないかとな。もちろん、おつたの喉を裂いて逃げたことは許せぬ。女たちとの経緯を本人に確かめ、後悔させてやらねばなるまい。それゆえ、わしは真砂一家の用心棒になった。今から一年前のはなしだ」

又兵衛は身を乗りだした。

「やはり、徹蔵はおかじをそそのかし、先代に毒を盛らせたのでしょうか」

「まちがいない。その気になれば、いつでも引導を渡すことはできる。されど、わしはおもいとどまった」

「その理由は」

「おぬしに言うべきかどうか、迷っておる」

「迷うことなどござらぬ。教えてください」

「ならば、言おう。用心棒になったあと、もっと大きな悪事に触れたからだ。徹蔵も深く関わっておる。それゆえ、悪事のすべてをあきらかにしたうえで徹蔵に引導を渡しても遅くはないとおもうた」

又兵衛は、ごくっと唾を呑みこむ。

徹蔵も深く関わる悪事とは、いったい何なのであろうか。

「やはり、言うまい。すでに、おぬしは命を狙われておるしな」

「深入りは避けよと」

「敵は手強い。少なくとも、当面は動かぬほうがよかろう」

「それがしを襲った唐人の刺客は、能見屋の配下なのですか」

「ああ、そうだ。能見屋に飼われた狂犬で、名は龍舜（りゅうしゅん）という」

悪事の首謀者が能見屋であることは容易に想像できた。

「塚本さま、悪事とは何です」

「聞いたら、後には引けなくなるぞ」

「無論、承知しております」

塚本は沈黙し、舟は静かに滑りつづける。

――ばしゃっ。

川面に水飛沫（みずしぶき）があがった。

跳ねた魚影（ぎょえい）は鯔（ぼら）であろうか。

「抜け荷だ」

と、塚本が吐きすてる。

能見屋は唐人船（とうじんぶね）との抜け荷で莫大な利益をあげ、府内でも屈指（くっし）の薬種問屋にのしあがったらしかった。

「まちがいない。されど、確たる証拠は摑んでおらぬ」

それなら、今から抜け荷の証拠を摑めばよいだけのはなしだ。

心の声が届いたのか、塚本は星の瞬く夜空を見上げた。

「これも運命か。どうやら、おぬしを巻きこむことになりそうだ。お父上ならば、何と仰ったであろうな」

巨悪を裁いてこその町奉行所与力であろうと、この身を叱りつけたにちがいない。

耳を澄ませば、父の声が聞こえてくる。

――命を粗末にしてはならぬ。

やるべきことをやらず、生きながらにして死んだような毎日を送る。そうした役人こそが、他人の命もおのれの命も粗末にしているのではあるまいか。

又兵衛は父のことばを、そんなふうに受けとった。

九

翌十六日は藪入り、閻魔の斎日でもある。

塚本彦松が七年前におつたの命を助けた日も、五年前におかじの首を斬り損なった日も、同じ正月藪入りだった。

又兵衛は助っ人の長元坊ともども、夕暮れの品川宿を歩いている。

荷揚げの日を狙って能見屋の隠し蔵へ忍びこむしかないと、昨夜、三味線堀で塚本に告げられた。徹蔵は能見屋から命じられ、月に一度の荷揚げを手伝っているという。ただ、塚本はまだ充分に信用されておらず、荷揚げの日時と場所を教えられていない。それをどうにか探りだし、かならず報せると別れ際に約束を交わしたのだ。

連絡は小伝馬町牢屋敷のそばにある『八丈』でおこなうものとし、又兵衛はさっそく長元坊を使いに向かわせた。まさか、翌日に連絡はないものとおもっていたが、長元坊は『八丈』の親爺から言伝の記された紙片を手渡されたのである。

塚本の走り書きには、こうあった。

――今宵子ノ刻（午前零時頃）　品川洲崎弁天社。

又兵衛は押っ取り刀で東海道へ繰りだした。肋骨の痛みを押してでも出張ってきたのは、もちろん、機を逃したくないからだ。是が非でも荷を確保し、抜け荷の証拠を手に入れねばならない。

長元坊も案ずるほど、前のめりになっている。

「又よ、証拠の荷を確かめたら、そのあとはどうする」

「上に訴える」

「本気か」

自分たちで勝手に裁かぬ。それは塚本が望んだことだ。

「能見屋には白洲で裁きを受けさせる」

それが世話になったお上へのせめてもの恩返しなのだという。

「徹蔵はどうする」

斬り刻んでも足りぬほどの悪党だが、やはり、白洲で裁くべきだと塚本は考えなおしたようだった。すべての罪状をあきらかにし、遍く衆生に知らしめたい。徹蔵のようなやつでも裁きをきっちり受けさせ、処刑されるまでに改心の念を引きださねばならぬ。

――命を粗末にしてはならぬ。

という又左衛門のことばを、塚本は頑なに守ろうとしているのかもしれなかった。

段取りは難しくない。荷揚げを確かめ、能見屋の隠し蔵へ侵入する。塚本が蔵の鍵を盗んでくるまで、弁天社で待ちつづけるしかない。

隠し蔵の所在は、弁財天に守られた洲崎の一角ということだけはわかっていた。おそらく、荷揚げ用の桟橋に怪しい荷船がやってくるのだろう。地元の漁師たちも近づかぬようにしているはずだし、運びこまれた荷がご禁制の品々であることは想像に難くない。

宿場の旅籠で草鞋を脱ぎ、約束の刻限までのんびりと過ごした。

そして、真夜中を待ち、ふたりは勝手口から旅籠を抜けだして、細長い洲崎の先端にある弁天社に向かった。

空には月も星もない。洲崎はさほど広くもないが、海岸沿いは真っ暗で、荷揚げが何処でおこなわれているのかも、ほんとうにおこなわれているのかもわからなかった。

弁天社の鳥居を潜り、漆黒の闇に包まれた境内の奥へ歩を進める。

漁師町も寝静まった頃、子ノ刻を報せる鐘音が耳に届いた。

「いねえな」

長元坊がつぶやくと、狛犬の陰に人の気配が立った。

「こっちだ」

身を寄せると、塚本が隠れている。

急いで駆けてきたらしく、息を弾ませていた。

「おれは長元坊、平手又兵衛の幼馴染みだ」

長元坊が胸を張っても、塚本はうなずくだけだった。

「近くに船蔵がある。半刻（約一時間）前、荷船がやってきた。沖に碇泊する親船とのあいだを行き来しているところだ」

荷下ろしが進められ、桟橋には能見屋藤右衛門と徹蔵もいる。

「やつらの目を盗んできた。今から桟橋のそばまで案内するが、わしは持ち場へ戻らねばならぬ」

「蔵の鍵は」

問うたのは又兵衛ではなく、長元坊のほうだ。

塚本はすまなそうに溜息を吐く。

「鍵は見張り小屋にある。二六時中、強面の見張りが張りついておる。気づかれずに盗むのは難しそうだな」

「どうすればよい」

「荷を運び終えるのに、あと一刻は掛かろう。間隙を衝き、あらかじめ蔵へ忍びこんでおくしかない」

「されど、荷積みが済んだら、蔵の鍵は掛けられよう」

「見張りに気づかれぬようにして、外へ逃れるしかない。できるか、おぬしらに」

できるかどうかではなく、やるしかない。

「よし、ならば頼む」

塚本に導かれ、又兵衛と長元坊は弁天社の境内を離れた。

向かったさきは狭い入江になっており、地元の者でなければ足を踏みいれぬところのようだった。

「あれだ」

塚本が指を差したさきに桟橋があり、すぐそばに船蔵が建っている。

荷船が何艘か横付けにされ、桟橋には木箱が積まれていた。

十数人の荷役たちが木箱を抱え、せっせと蔵へ運んでいる。

見張り役を担っているのが、徹蔵と乾分たちであった。

徹蔵のかたわらには、醜く肥えた能見屋も佇んでいる。

ふたりのそばには、大柄なからだの侍がひとり立っていた。

だが、塚本にも正体はわからぬらしい。

「案ずるな、唐人の刺客は見当たらぬ」

又兵衛の心配を見抜くかのように、塚本はそっと告げてくる。

「されば、わしは行く。段取りどおり、上手くやってくれ」

遠ざかる背中を見送り、長元坊はつぶやいた。

「何やら、見放されたみてえだな。ま、仕方ねえか」

足を忍ばせ、船蔵の表口へまわってみると、塚本の言うとおり、見張り小屋に強面の大男が詰めていた。鍵を奪うだけなら容易いが、見張りに気づかれぬように盗むのは至難の業だ。

やはり、荷役に紛れて、あらかじめ蔵へ忍びこんでおくしかなかろう。

ふたりは裏手へまわりこみ、手拭いで頰被りをした。

気休めにしかならぬが、見張りに誰何されたときのためだ。

荷役たちは順番にあらわれては、蔵と桟橋を往復している。

又兵衛と長元坊は膝まで水に浸かり、蔵の様子を窺った。

「今だ」

間隙を衝き、誰もいない蔵のなかへ侵入する。

火皿の灯りで、内の造作はあらかたわかった。

背後に人の気配がしたので、さっと物陰に隠れる。

荷役が木箱を運びいれ、気づかずに外へ出ていった。

長元坊は木箱のひとつを持ちだし、釘打ちしてある蓋をべりっと剝ぐ。

音を起てぬようにと、又兵衛は手で制した。

勘づかれたら、元も子もない。

火皿は壁の二箇所に刺してあった。

灯りのそばで箱の中味を確かめると、貴重な玳瑁が詰めてある。

別の木箱も開けてみると、絹織物や香辛料などがわんさか出てきた。

いずれも、長崎会所を経由させねばならぬご禁制の品々にほかならない。

同様の木箱が堆く積まれており、今、捕り方を動かして蔵に踏みこませれば、言い逃れのしようがあるまい。能見屋も徹蔵も縄を打たれ、白洲へ引きずりだされるはずだ。

荷役がまたあらわれたので、ふたりは物陰に隠れた。

気配が消えたのを確かめ、ひとつずつ木箱を抱えこむ。

あとは蔵から逃れるだけとなり、忍び足で出口へ向かった。

と、そのときである。

見張りの人影があらわれ、ふいに蔵のなかが暗くなった。
火皿の火が二箇所とも、吹き消されたのだ。
石臼を挽くような音とともに、重そうな扉が閉まっていく。
――がちゃ。
外から鍵を掛けられ、ふたりは閉じこめられてしまった。
「くそっ」
長元坊は地団駄を踏んで口惜しがる。
こうなれば、どうにかして逃れる方法を考えねばならない。
だが、漆喰に塗りかためられた蔵に、窓はひとつもなかった。
荷を別のところへ移すときまで、蔵から出る方法はなさそうだ。
そうなれば、悪党どもを一網打尽にする好機を逃すことになる。
又兵衛は唇を嚙むしかなかった。
ところが、しばらくすると、鍵を開ける音が微かに聞こえてきた。
――がちゃ。
扉がわずかに開き、塚本が顔をみせる。
早く来いと手招きされ、又兵衛と長元坊は蔵から出た。

「鍵はどうされたのですか」

さっそく尋ねれば、塚本はにやりと笑った。

「見張りが居眠りしておったゆえ、当て身を喰わしてやった。おそらく、何が起こったのかもわかっておるまい」

見張りが目を覚ますまえに、鍵は戻しておくという。

「あれに乗っていけ」

塚本は浜辺に小舟まで用意していた。

どうやら、近くの漁師から拝借してきたらしい。

長元坊がさきに乗り、木箱をふたつ積みこんだ。

「三日ののち、別のところへ荷を移すそうだ」

と、塚本は早口で囁いた。

それまでに蔵検めができねば、大きな魚を逃すことになろう。

「段取りはできそうか」

「無論です。これだけの証拠があれば」

まず、まちがいなく、捕り方を動かすことができよう。

まったく疑いもせず、又兵衛は胸を叩いた。

「期待しておるぞ」

塚本の目が潤んでいる。

抜け荷の証拠を摑むことができたのは、お父上のお導きであろう。

目顔でそう言い、じっくりうなずいてみせた。

「されば、ここで別れよう」

「いずれまた、『八丈』で祝い酒でも」

「ふふ、承知した。楽しみにしておる」

塚本は手を振り、背中をみせて闇に消えていった。

何故かはわからぬが、不吉な予感が脳裏を過ぎる。

又兵衛は船尾から身を乗りだし、いつまでも闇をみつめていた。

十

二日後の朝、又兵衛は沢尻玄蕃の面前で潰れ蛙のように平伏していた。

すでに、抜け荷の証拠となる木箱は昨日の時点で渡してある。

すぐさま捕り方を動かしてもらえるものと高をくっていたが、思惑は外れた。

「少し待て」

沢尻は評定所留役の和久田伊織之介にはかったうえで、捕り方を差しむけるかどうかを判断すると言ったのである。

どうして、自分で決めぬ。

不満を呑みこみ、又兵衛は三日の期限を告げ、一日だけ様子をみることにした。屋敷へ戻ってからもひたすら待ちつづけたが、昨日は暗くなるまで何の音沙汰もなかった。居ても立ってもいられなくなり、沢尻の自邸に駆けつけ、明日までには何とかするという返答を得たのである。

それゆえ、一睡もせずに朝を迎え、出仕して早々に内与力の御用部屋を訪ねた。さらに、平伏して畳に額を擦りつけても、はかばかしい返答は得られない。

「沢尻さま、どうか捕り方のご手配を」

「待てと申しておろうが」

「猶予はござりませぬ。こうしているあいだにも、荷が移されるやもしれませぬ」

「まだ一日ある。おぬしがそう言うたのであろうが。ふん、それにしても、めずらしいこともあるものだ。例繰方のはぐれ者が、何故にそこまでやる気をみせておるのか。そもそも、密命を嫌がっておったではないか。わしが気づかぬとでもおもうたか。それにな、和久田どのから下された密命は、あくまでも偽人参が出まわったからくりを調べよというものだ。能見屋藤右衛門や真砂の徹蔵が偽人参に関わっておるとしても、抜け荷を調べよとは命じておらぬ」

「沢尻さま、昨日も申しあげました。抜け荷で引っぱれば、偽人参のからくりについてもあきらかになりましょう」

「それはどうかな。ふたりに口を噤まれたら、密命とは別件で捕まえたと文句を言われかねない」

「和久田さまは、さほどに頭の固いお方なのですか」

「莫迦者、言葉に気をつけよ」

のらりくらりと時を費やす沢尻が憎たらしくなってくる。

又兵衛には、意地悪をされているとしかおもえなかった。

「身の程を知るがよい。おぬしは調べが役目の例繰方なのだ」

華々しい吟味方のまねごとはさせぬと、諭されているような気もする。

ほかのことならいざ知らず、こたびの件には塚本彦松のおもいが込められている。約束も交わしたのだ。できると胸を叩いたではないか。父を敬ってくれた元首斬り役のために、何としてでも捕り方を動かさせねばならぬ。

頑固者め。

胸の裡で悪態を吐き、又兵衛はやおら立ちあがる。

「どうした」

沢尻に問われ、眸子を怒らせた。

「こうなれば、御奉行にお願い申しあげるしかござりませぬ」

「何だと。内与力のわしを差しおいて、御奉行と直談判する気か」

「いけませぬか」

「役目を辞す覚悟があるなら、止めはせぬ。されど、無駄であろうな。御奉行はわしにお指図を下される。とどのつまり、わしが諾さねば捕り方は動かぬ」

ぎりっと、奥歯を噛んだ。

与力になってからこの方、ここまで感情を露わにすることはなかったであろう。

あまりの粘り腰に沢尻も根負けしたのか、仕舞いには渋い顔で言いはなった。

「能見屋の件を止めておるのは、評定所のお偉方だ。どうしても理由を知りたいと申すなら、御勘定奉行の守山豊後守さまにお尋ねせよ」

「守山豊後守さまにござりますか」

「留役の和久田どののもとへ使いを走らせておく。ただし、評定所を訪ねても門前払いされるだけのはなし。夕刻、帰宅の頃をみはからって、駿河台の御屋敷をお訪ね申しあげるのだ。豊後守さまは気難しいことで知られておる。木っ端役人が直に会っていただけるようなお方ではないが、面と向かって談判する機会を得られたら、町奉行所与力の気概をみせてやれ。わしにできるのはそこまでだ」

「はは」

沢尻はそれなりに尽力してくれたのかもしれぬとおもいなおし、又兵衛は御用部屋をあとにした。

じりじりとしながら午後まで過ごし、夕刻とともに奉行所から飛びだす。

市中に人出が多いのは、初観音詣での縁日ゆえか。

西の空は茜色に染まっている。

駿河台の守山屋敷はすぐにわかった。

御濠端から馬場の脇を通って延びる錦小路沿い、高台の一角に大きな屋敷が建っている。

少し緊張しながら長屋門を訪ねると、門番は表情も変えずに取り次いでくれた。
玄関口に若い用人が待ちかまえており、屋敷のなかへすんなりと導かれる。
どうやら、沢尻の言伝はしっかり伝わっているようだ。
会ってくれるのがわかったので、又兵衛はほっと胸を撫でおろした。
もちろん、勝負はここからだ。
長い廊下を渡り、中庭に面した居間の手前で立ち止まる。
用人は片膝をつき、閉めきられた襖に向かって声を張った。
「南町奉行所与力、平手又兵衛さまのお越しにござります」
「はいれ」
間髪を容れず、重厚な声が響いてくる。
用人が開けてくれた襖の狭間から、又兵衛はするっと身を入れた。
その場で膝を折り、平伏して額を畳に擦りつける。
「平手又兵衛、こちらへ」
誘う声には聞きおぼえがあった。
留役の和久田伊織之介にちがいない。
顔を下げたまま、袴の裾を摘まんで上座に近づく。

途中に木箱がふたつ並べてあった。

又兵衛は膝を折り、ふたたび、平伏してみせる。

「面(おもて)をあげよ」

指図したのは和久田だが、一度目で顔をあげぬのが武士の定め事だった。

「よい、面をあげよ」

勘定奉行の守山豊後守から再度命じられ、ようやく又兵衛は顔をあげる。

上座の相手をみた。

堂々とした物腰の人物だ。

齢(よわい)は還暦(かんれき)に近く、鷲鼻(わしばな)で、鋭い目つきをしている。

「まさか、例繰方の与力風情(ふぜい)がここまでやるとはな」

かたわらの和久田が嘲(あざけ)るように口火を切った。

「命じたのは偽人参の探索じゃ。それを忘れてはおるまいな」

「無論にございます。されど、偽人参のからくりを調べてまいったところ、薬種問屋の能見屋に行きあたりました」

「抜け荷の疑いを抱き、隠し蔵に潜(ひそ)んで証拠の品を奪ってきたというわけか。されど、よくもこれだけ短いあいだに抜け荷の尻尾(しっぽ)を摑めたな」

和久田は疑るような目を向けてくる。

「もしや、間者でも潜らせたのか」

「いいえ」

又兵衛は首を横に振る。

塚本のことは喋らぬと、ここに来るまえから決めていた。

じつは、沢尻にも告げていない。和久田は又兵衛が抜け荷に勘づいた経緯を聞きたいようだった。おそらく、守山豊後守への目見得が許されたのも、そのあたりを直に問いたかったからであろう。

「おぬしの申すことを信じ、捕り方を差しむけることはできよう。されど、まんがいち不首尾となったらどういたす。評定所肝煎りの捕り物など、めったにあることではない。まんがいち空振りに終われば、豊後守さまに恥を掻かせることになるのだ。これはな、南町奉行の筒井伊賀守さまにも了解を得たうえでやらねばならぬ一大事ぞ。例繰方の与力風情が申すことを鵜呑みにし、軽々に動くようなはなしではない。されどな、豊後守さまはこうして目通りをお許しになった。何故かわかるか。抜け荷を暴いたおぬしの苦労を慮り、直に慰労のおことばを伝えたいと仰せなのじゃ。感謝せよ。かようなことは、稀にもないことぞ」

「はっ、ありがたき幸せに存じまする」

又兵衛は畳に両手をつき、くいっと顔を持ちあげた。

「されど、能見屋はどう仕置きなさるご所存であられましょうか」

「おい、まだ言うか」

激昂する和久田を、豊後守が閉じた扇子で制した。

静かな口調で諭すように説きはじめる。

「抜け荷の件は評定所の側で探索をつづける。しかるべきときに手を打つゆえ、そのときは町方にも助力を請うやもしれぬ」

「納得できませぬ」

又兵衛は声を張った。

重い沈黙とともに、殺気が膨らむ。

床の間には刀掛けが置いてあり、天井に近い長押には由緒ありげな直槍が掛かっていた。

眉間に縦皺を寄せた豊後守の形相は、蔵前華徳院の閻魔像そのものであった。

成敗されるかもしれぬと覚悟したが、豊後守は険しい顔で席を立ち、部屋から出ていってしまう。

和久田が嘲笑った。

「ここに来たのがまちがいであったたな」

捨て台詞を残し、やはり、部屋から居なくなる。

口惜しいというよりも、言い知れぬ虚しさに包まれた。

このような気持ちになるのは、父を失ったとき以来かもしれない。

「くそっ」

又兵衛は拳を固め、畳におもいきり叩きつけた。

十一

ついに捕り方の出役はみとめられず、荷が移される日になった。

非番だった又兵衛は終日屋敷に籠もっていたが、夜になって長元坊があらわれ、品川の隠し蔵から荷が移されたことを知った。何処へ移されたかはわからず、塚本に尋ねてみる以外にない。だが、あれだけ自信たっぷりに胸を叩いておきながら、どの面下げて会えばよいのかと、みずからを責めるしかなかった。

眠れずに朝を迎え、やる気の無い様子で出仕の支度をしていると、長元坊が血相を変えて駆けこんできた。

「又、てえへんだ」

三味線堀に浪人のほとけが浮かんだ。それとなく網を張っていたら、定町廻りの桑山大悟から朝一番で連絡があったという。

「例の御仁かもしれねえ」

心ノ臓が、ばくばくしてくる。

又兵衛は裃姿で家を飛びだし、脇目も振らずに浅草へ向かった。

神田川を越えた頃には、裃も袴もよれよれになっている。

三味線堀に着いてみると、ほとけはまだ筵に寝かされたままだった。

「平手さま、こっちこっち」

平常から手懐けている「でえご」こと桑山大悟が、又兵衛に検屍をさせようと待っていてくれたのだ。

正月だというのに、全身にびっしょり汗を掻いていた。

轉軫橋のたもとに下りて近づき、筵をそっと捲ってみる。

別人であることを祈ったが、ほとけは塚本彦松であった。

「ひでえありさまだな」

長元坊が溜息を吐くとおり、顔は青黒く変色している。

「手足の指を一本残らず折られておりましたぞ」

桑山は屍骸を見慣れているせいか、淡々と告げてきた。

又兵衛は胸の潰れるようなおもいで、からだの傷を調べていく。

「責め苦にしても、こいつはひどすぎるぜ」

長元坊は顔をしかめた。

手足の指だけでなく、肋骨や脛の骨も折られている。

おそらく、棍棒のようなもので滅多打ちにされたのだろう。

「やったのは徹蔵だぜ。まちげえねえ、こいつは素人のやり口だ」

塚本はおそらく、素姓を疑われたのであろう。抜け荷を探る隠密なら、誰の命で動いているのか、徹蔵としては知りたかったはずだ。能見屋に命じられて責め苦を与えたのかどうかはわからぬが、塚本が口を割らなかったことだけは容易に想像できる。

何しろ、指の骨をすべて折られているのだ。痛みのあまり、いっそひとおもいに死なせてほしいと願ったにちがいない。

桑山が言った。

「番太郎によれば、小舟に寝かされているほとけを、夜鷹が客と勘違いして声を掛けたそうです」

何の因果か、七年前におつたを救った三味線堀で、ほとけになった塚本は夜鷹にみつけられた。

「捻り手拭いで猿轡を嚙まされておりましたよ」

「舌を嚙まねえように嚙まされたのさ」

長元坊のこたえに、桑山もうなずいた。

「もう充分だ」

又兵衛はほとけの襟を寄せて整え、筵を静かにかぶせた。

立ちあがって歩きだすと、長元坊が小走りで従いてくる。

「又よ、何処へ行く」

「決まっておろう」

「徹蔵のところか」

肋骨の傷が疼いたが、痛みは少しも感じない。

名状し難い怒りだけが、からだじゅうを駆けめぐっている。

「よし、おれも覚悟を決めた。地獄の底までつきあってやるぜ」

門跡前へやってくると、何故か真砂一家の戸口は閉めきられ、太鼓暖簾だけが風にはためいていた。

午前中だというのに、人の行き来もさほど多くない。

「何やら様子が変だぜ」

長元坊がさきに立ち、通りを渡って板戸に手を掛けた。

「ん」

内側から心張り棒（しんばりぼう）がかってある。

「ちっ、面倒臭え」

長元坊は二、三歩後ろに退（さ）がり、はっとばかりに土を蹴った。

――どん。

肩からぶちあたり、板戸を粉々に破壊する。

内に躍（おど）りこむと、喧嘩装束（けんかしょうぞく）の連中が待ちかまえていた。

又兵衛は長元坊につづき、ゆっくり敷居を踏みこえる。

鎖鉢巻（くさりはちまき）の徹蔵が、上がり端から中腰で睨みつけてきた。

「ほう、おめえさんか。たしか、南町奉行所の与力だったな」

「三味線堀でほとけをみた。責め苦を与えたのは、おぬしか」

「へへ、最初から怪しいとおもっていたのさ。口の堅（かて）え野郎でな、どれだけ責め苦を与えても後ろ盾の正体を喋らねえ。でもな、案じちゃいなかったさ。あれだけの餌をぶらさげたら、かならず、獲物は食いついてくる。おめえさんだよ。町方の与力だろうが何だろうが、おりゃいっこうに恐かねえ。真砂一家の敷居をまたいだ野郎は、誰であろうとあの世へおくってやる」

「ご託はそれだけか」

又兵衛は冷静な口調で言った。

「何だと」

「まわりくどいことはせぬ。おぬしには地獄をみせてやる」

「うっせえ。野郎ども、殺っちまえ」

「おう」

段平や手槍を持った乾分どもが、一斉に襲いかかってくる。

長元坊が駆けだした。

――ばこっ。

拳の一撃でひとり目の顔面を陥没させ、ふたり目は回し蹴りで顎を砕く。

「ひぇっ」

乾分どもが怯むや、長元坊は床に舞いあがり、帳場の格子を持ちあげて投げつけた。

店のなかは騒然となり、乾分どもはへっぴり腰で長元坊を取り囲む。

徹蔵は後退り、乾分を何人か連れて奥の廊下へ消えていった。

又兵衛は雪駄で床にあがり、真横から襲ってきた乾分を睨みつける。

懐から十手を抜き、乾分の眉間に打ちおろした。

――ばこっ。

ほかの連中は長元坊に任せ、奥の廊下へ向かう。

――しゅっ。

こめかみに向かって、手槍の穂先が伸びてきた。

又兵衛は難なく避け、すっと沈みこむや、十手で相手の脛を砕いてやる。

「ぎゃああ」

乾分は悲鳴をあげ、廊下を転げまわった。

どんつきまで進むと、襖障子の向こうに人の息遣いが感じられる。

躊躇わずに襖障子を開くと、ふたりの乾分を盾にして、徹蔵が段平を構えていた。

「ちくしょうめ、てめえなんぞにやられねえぞ」

「死にさらせ」

乾分どもが闇雲に掛かってくる。

又兵衛は十手を閃かせ、乾分ふたりを昏倒させた。

徹蔵が声をひっくり返す。

「てめえの狙いは抜け荷じゃねえのか。それなら、行く先は日本橋の能見屋だぜ」

「無論、そちらにもいずれ、挨拶に行くつもりだ」

「善良な町人の家に土足で踏みこみやがって。これがお上のやり方か」

往生際の悪い徹蔵は、段平を振りながら叫びつづける。

「善良な町人だと、笑わせるな」

又兵衛は十手を懐に仕舞い、刀の柄に手を添えた。

「七年前、おぬしはおつたに無理心中を持ちかけ、おつたの喉を裂いて自分は逃げた。それだけではない。性悪なおぬしは五年前、妾のおかじをそそのかし、真砂一家の先代に毒を盛らせた。何もかもわかっておるのだ。おぬしに生きのびる道はない」

「すべてお見通しってわけか。でもよ、塚本が死んだほんとうの理由は知るめえ」

「ほんとうの理由だと」

「ああ、塚本はな、おめえが殺ったようなものさ」

「どういう意味だ」

「さあな、自分で考えろ」

徹蔵は両手を頭上に掲げ、段平を大上段に振りあげる。

又兵衛はそれよりも速く、腰の刀を抜きはなった。

「成敗」

凛然と声を張り、刀を右八相に構える。

「うっ」

肋骨が悲鳴をあげた。

左手はあがらない。

右手一本で構え、鋭く踏みこむと同時に、袈裟懸けに斬りさげた。

「ぬぎゃっ」

徹蔵は情けない悲鳴をあげ、その場にへたりこむ。

だが、死んではいない。

又兵衛が抜いたのは、刃引刀であった。

片手打ちで、左の鎖骨（さこつ）をふたつに折ったのだ。

「容易くは死なせぬ。それは喉を裂かれたおつたの痛みだ」

さらに、片手持ちで逆袈裟（ぎゃくけさ）に打ちおろす。

――ばすっ。

右上腕の骨を砕くや、徹蔵は横倒しになって泡を吹いた。

「それはおかじの恨み。だが、この程度でおぬしの罪は帳消しにできぬ」

襟の後ろを掴み、徹蔵を廊下に引きずりだす。

「……か、勘弁してくれ」

半泣きで懇願（こんがん）されても、許すことはできない。

変わりはてた帳場へ戻ってくると、傷ついた乾分どもが呻（うめ）いていた。

長元坊は三和土に仁王立ちし、余裕の表情で煙管（きせる）を燻（くゆ）らせている。

「又よ、一丁あがりだな」

「ああ」

「徹蔵に聞けば、抜け荷のからくりも喋るだろうぜ。こいつは手柄になるのか」

「さあな、内勤のくせに余計なことをするなと、叱られるかもしれぬ」

「だったら、自分たちで汗を掻けってえの」

気を失いかけた徹蔵の身柄は、長元坊に託した。

又兵衛は着物の裾を直し、敷居の外へ出る。

野次馬が集まっていた。

「捕り物だ。退いてくれ」

長元坊が叫んだ。

照りつける陽光に目が眩む。

「……も、もう歩けねえ」

徹蔵が弱音を吐いた。

突如、真横から一陣の風が吹きぬけていく。

又兵衛は殺気を感じ、さきを行くふたりに目を向けた。

「うっ」

徹蔵は長元坊の手から離れ、両膝を地べたについている。

首には何と、千枚通しが刺さっていた。

まるで、百舌鳥の早贄のように、真横から串刺しにされているのだ。

「ひゃあ」

野次馬の人垣から、女の悲鳴があがった。

辻向こうに消える人影を、又兵衛は目で追いかける。

「龍舜か」

能見屋藤右衛門に命じられ、徹蔵の口を封じにきたのだ。

真砂の徹蔵は座ったまま、ことされている。

「くそっ」

これで塚本彦松の死は無駄になった。

「申し訳ござらぬ、お許しくだされ」

いくら謝っても、塚本は戻ってこない。

又兵衛は肩を落とし、呆然と立ちつくすしかなかった。

十二

徹蔵は言った。

――塚本はな、おめえが殺ったようなものさ。

あれはいったい、どういう意味であったのか。

いくら考えても、又兵衛にはわからなかった。

二十五日、静香に誘われて遊山におもむき、根岸の里で鶯の初音を聞いた。

主税や亀もともなって大川を渡り、亀戸天神の境内で催される鷽替神事にも参じた。

「心つくしの神さんが、うそをまことに替えあんす、ほんにうそがえおおうれし」

上方訛りの流行唄を聞けば、人気に火が点いたのは大坂だとわかる。

木でつくった鷽を丹や緑青で色づけし、参詣人は社頭でそれを買いもとめた。みなで輪になって、一斉に「替えましょ、替えましょ」と唱えながら、袖に隠した鷽を手から手へ交換していくのだ。今までの凶事を吉事に取り替える神事は梅の開花とも重なって、境内は大勢の人で埋め尽くされた。

「少しは気が晴れましたか」

誘ってくれた静香に礼を言い、すっかり暗くなった夜道をたどる。

八丁堀の近くまで戻ってきたのは、木戸の閉まる刻限が近づいた頃だった。

楓川に沿ってのんびり歩き、ふと、新場橋の手前で立ち止まる。

「どうなされましたか」

静香の声も聞こえていない。

記憶の片隅に、ぱっと閃くものがあった。

類例を調べているときなどに、こうしたことはよくある。閉じていた記憶の扉が唐突に開き、一見すれば関わりのなさそうな何かと何かが結びつく。人知のおよばぬ不思議な力に導かれ、複雑に絡みあった糸がはらりと解けるような感じを覚えるのだ。

「すまぬが、義父上と義母上を連れて、さきに戻っておれ」

「はい」

困惑顔の静香に言い置き、又兵衛は足早に数寄屋橋のほうへ向かった。

逸る気持ちに追いたてられ、途中から小走りになる。

橋を渡って行きついたのは、通い慣れた南町奉行所にほかならない。暗くなってから帰宅することもあるため、見慣れた光景のはずだが、真夜中に出仕することはまずないだけに、いつもとは勝手がちがう。

門番も見当たらず、黒渋塗りの厳めしい長屋門は閉まっていた。

もちろん、入り方は知っている。吟味筋の目安を携えた駆込人のごとく、脇の小門を敲けばよいだけのことだ。

小門を拳で敲くと、見知った門番が提灯を差しだした。

「あっ、平手さま」

「ちと、調べ物を忘れてな。入れてくれぬか」

「どうぞどうぞ、お役目ご苦労さまにござります」

奉行所の内へはいり、玄関の式台まで通じる青板から逸れ、脇道をたどって裏手へまわる。

向かったさきは書庫であった。

鍵番の宿直同心から鍵を貰い、黴臭い土蔵のなかで手燭を灯す。

幾重にも連なる棚には、何十年かぶんの書面がぎっしり詰まっていた。

どの棚に何があるのかはわかっているので、又兵衛は迷わずに目当ての棚をめざす。

念頭にあった裁許帳も、すぐにみつけることができた。

まちがいなく、何年かまえに一度だけ捲ったことがあったはずだ。

さもなければ、記憶に残りようがない。

いつ頃捲ったのか、何のために捲ったのか、そこまではおぼえていなかった。

捲ってから少なくとも、五年以上は経過していると考えてよかろう。

裁許帳の表紙には「文化七年上、南町奉行所扱い」とある。

文化七年は十二年前、上とは正月から水無月（みなづき）までの上半期をしめす。

当時の南町奉行は根岸肥前守、又兵衛が捲ったのは卯月の箇所であった。

忘れもしない正月八日、沢尻玄蕃の御用部屋で和久田伊織之介から試問を受けた。

毒薬を売った者と偽薬を売った者の罪状のちがいを問われ、両者を取り違えて裁いた類例を述べよと迫られた。そのとき、淀みなくこたえた類例が、まさしく、今捜しあてた裁許帳に記された「髪下げの半六」に関する記述であった。

毒人参を売った廉（かど）で捕まった髪下げの半六なる地廻りが、偽人参を売ったものとして裁かれた。根岸肥前守は刑が下されたあとになって沙汰の誤りに気づき、取り捨てにした半六の首を捜して持ってこさせ、首桶に詰めて市中引きまわしにしたうえで、鈴ヶ森の刑場に三日間晒すようにと命じた。さらに、肥前守は評定の誤りを正すべく範をしめさんと、幕閣のお歴々にたいして辞意を伝えた。

一度でも裁許帳に目を通していたからこそ、その内容を和久田に伝えられたのだ。ただし、肥前守の進退に関するものまで記憶にあったのは、風聞の記された読売が裁許帳に挟んであったからにほかならない。

十二年前は出仕して三年ばかりであったので、右も左もわからなかった。したがって、直におぼえている記憶はほとんどなく、すべてはのちに書面で知ったことだった。

はたして、読売は押し花のごとく、その箇所に挟んであった。

しかも、当時の役人によって記された記述は、又兵衛が和久田に述べたとおりだ。

ところが、一箇所だけ記憶からこぼれていたものがあった。

手燭の光に照らされた文面を目でたどり、忘れていた箇所に目を留める。

「あった」

鼓動が高鳴ってくる。

記憶から抜け落ちていた箇所には、こうあった。

――訴人、のみ屋番頭、清吉。

まちがいない。『能見屋』という屋号を耳にしたときから、何となく引っかかっていたのだが、今日までおもいだせなかった。能見屋に踏みこんだとき、主人の藤右衛門は古株の番頭を「清吉」と呼んだ。そのときも気づかなかったし、長元坊が『能見屋』という屋号の由来を教えてくれたときも、ぴんとこなかった。

亀戸天神から帰路をたどっている途中で、突如、閃いたのだ。

まちがいあるまい。帳面の端に記された「のみ屋番頭、清吉」というのは、又兵衛に袖の下を包んだ能見屋の番頭なのだ。十二年前に処刑された半六と能見屋藤右衛門との繋がりは、ほぼあきらかになった。

これもまた、偶然なのであろうか。

「おや」

一度目に裁許帳を捲ったときは気づかなかったが、この箇所にだけ栞代わりの紙縒が挟んである。

何気なく手に取り、紙縒を開いてみた。

かなり古いものだが、御朱印のようだ。

しかも、それは「四十七義士廟所」と記された泉岳寺の御朱印であった。

「げっ」

それと気づくや、又兵衛は仰け反るほど驚いた。

泉岳寺には平手家の墓がある。武士の鑑ともてはやされた赤穂浪士にあやかって、何代かまえの先祖が泉岳寺の檀家になったのだ。

泉岳寺の所在は高輪なので、八丁堀からは遠い。町奉行所の役人でなくとも、墓参りに通う菩提寺は住まいの近くにする。ましてや、いくら名が知られているとはいえ、高輪の寺になど墓は立てない。両親が信心深かったおかげか、檀家の平手家には泉岳寺の御朱印が捨てるほどある。

父の又左衛門が生前、紙縒に使っていたとしても不思議ではない。

奇妙なのは、この箇所にだけ紙縒が挟んであったことだ。

しかも、御朱印には薄くなった朱文字で何か書きつけてある。

——みのや。

と、読めた。

十二年前、又左衛門は吟味方与力として、髪下げの半六の件を調べていた。亡くなった塚本によれば、半六の処刑に立ちあっていたということなので、そこまでは容易に想像できる。

だが、同時に、番頭の清吉が訴人となった「のみ屋」についても、何らかの疑いをもって調べていたのかもしれない。疑った内容が抜け荷に関するものであったならば、父のかなわなかったおもいが、今に繋がっていることになりはせぬか。

喉が渇いて仕方ない。
又兵衛は紙縒を丁寧にたたみ、袖口に仕舞った。
この件に関わったのは、運命以外の何ものでもなかろう。
それとも、誰かが意図して導いたことなのだろうか。
又兵衛は眸子を細め、天井の闇をみつめた。
余計なことを考えるよりも、真実の欠片を丹念に拾い集めるしかない。
袖口をまさぐり、桔梗の根でつくった偽人参を取りだす。
「土枯らし」
かならずや、悪事のからくりを暴いてやる。
冷え冷えとした書庫に籠もり、又兵衛は並々ならぬ覚悟を新たにした。

父の執念

一

早春の味はほろ苦い。

虫起こしの遠雷を聞きながら、蕗の薹を湯がいて塩で食べた。

静香と義母の亀が角筈村の熊野十二所権現の境内までおもむき、残雪を掘りおこしてみつけたものだ。ついでに摘みとった福寿草も竹筒に生けてある。可憐な黄金の花が寄り添うように咲く様子は、仲睦まじい家族を連想させた。

亀が足を痛がったので、昨日は三里と呼ばれる膝の経絡に灸を据えてやった。えらく感謝をされたものの、たいしたことではない。今朝は義父の主税を湯屋へ連れていき、いつもより念入りに背中を流してやった。あたりまえのような顔をされても、腹が立つどころか、むしろ、親孝行のまねごとができて嬉しかった。

初めての正月を過ごしたおかげで、静香や両親との絆は深まったような気もする。

それでも、鬱々とした気分から抜けだせずにいるのは、能見屋への探索が尻切れ蜻蛉になったからだ。志なかばで逝った塚本彦松のためにも、あきらめる気は毛頭ない。だが、期待していた評定所に動きはなく、今のところ捕り方を差しむける正式な道筋は使えそうになかった。

一方、十二年前に斬首された髪下げの半六については、高麗人参に烏頭毒を混ぜて誰かを殺めたらしかった。「髪下げ」が「神避け」に由来することもわかったが、誰を殺めたのかと、どうして毒人参を使ったのかは判然としない。

裁許帳に名が載っていた番頭の清吉を訪ね、訴人になった経緯を早急に聞くべきところだが、そこは慎重にならざるを得なかった。能見屋からは手強い唐人の刺客を放たれている。肋骨の傷が癒えるまで、しばらくのあいだは相手の出方を窺ったほうがよかろう。

それにしても、父の又左衛門は何を調べていたのだろうか。

しかも、根岸肥前守の進退に関わる噂の書かれた読売は、いったい誰が、何のために挟んだのか。

半六の首を斬った塚本ならば、知っていたかもしれない。

だが、今となっては尋ねる術もなかった。

夕暮れになって冠木門から出ると、洟垂れどもが露地裏で歓声をあげている。

「稲荷さんの御権化印、十二銅おあげ……わあっ」

如月三日は稲荷明神を祀る初午、八丁堀の家々にも地口行燈がぶらさがり、露地裏には「正一位稲荷大明神」と書かれた五色の幟がひるがえった。元気に唄いながら家々をまわるだけで小銭や菓子が貰えるので、子どもたちにとっては盆と正月がいっしょに来たようなものだ。

稲荷社に供する鰶は小鰭の成魚、炙ると死臭が漂ってくる。切腹の際に添える切腹魚でもあり、武家では忌避されていた。武家の子どもは小銭を求めて家々をまわってはならない。一方、町人の子どもたちを見掛けたら、武家の大人は小銭を与えねばならなかった。

又兵衛も懐中に小銭を仕込んでいたものの、露地をいくつかまわったあたりで、すべて使いはたしてしまった。

軽くなった袖を振りつつ、地蔵橋を渡ったさきの神保小路にいたり、表通りの大名屋敷と向かいあう与力屋敷へ歩を進める。これほど近いというのに、立派な門構えの屋敷を訪ねたこともなければ、訪ねる日が来るともおもわなかった。

又兵衛は決意を固めてやってきたのだ。

屋敷の主人が非番であることもわかっている。

主人とは年番方筆頭与力の山忠こと、山田忠左衛門であった。

開かれたままの門を潜り、玄関まで進んで躊躇いながら戸を敲き、顔を出した家人に来訪を告げる。

上がり端のそばで待たされていると、不審げな顔をした山忠が着流し姿であらわれた。

「これはまた、どういう風の吹きまわしじゃ。人嫌いのはぐれ者が、わざわざ訪ねてくるとはな」

「お休みのところ、申し訳ございませぬ」

「手ぶらでまいったのか。まさか、貧乏長屋に住む洟垂れのごとく、小銭でも貰いにきたのではなかろうな」

皮肉交じりに嘲笑い、山忠は上から睨みつけてくる。

釣り鐘小僧の件で顔を立ててやったせいか、門前払いだけは免れそうだ。

「失礼ながら、山田さまは奉行所のことで知らぬことはないと噂されておられます。そこで、お尋ね申しあげたいことが」

「何じゃ、お役目のことか」

おだてられて、山忠はまんざらでもなさそうだ。

すかさず、又兵衛は切りこんだ。

「十二年前、毒人参を使った廉で獄門となった髪下げの半六なる者はおぼえておいででしょうか」

ぴくっと、片方の眉が動いた。

知っているのに、山忠は知らぬふりをする。

「古すぎて、おぼえておらぬわ」

「されば、致し方ござりませぬ。お手間を取らせました」

お辞儀して踵を返すと、背中に声が掛かった。

「待て。もしや、又左衛門のことを調べておるのか」

父の名を出され、又兵衛は振りむく。

「山田さまは、父をご存じなのですか」

「知らぬはずがあるまい。花形の吟味方与力として、御奉行にも頼りにされておったからな」

「御奉行とは、もしや」

「名奉行との誉れも高い根岸肥前守さまじゃ。されど、あの禍々しい出来事があって以来、誰も又左衛門のことを口にしなくなった」

父は十一年前、番町の三年坂で辻斬りに背中を斬られた。一度も目を開けることもなく、半月後に亡くなったのだ。刀も抜かずに背中を斬られるのは、恥辱以外の何ものでもない。武士の風上にも置けぬと蔑まれ、通夜と葬儀に訪れた者はほとんどいなかった。

又兵衛にも、子として恥ずかしい気持ちがあったのだろう。葬儀ののちは、父の死を忘れるようにつとめた。そして、誰に陰口を叩かれても平気を装って過ごしているうちに、はぐれと綽名されるようになった。

山忠はいつもと異なり、熱の籠もった眼差しで喋りだす。

「髪下げの半六のことは、ようおぼえておる。何せ、処刑ののちに御沙汰の誤りがわかり、肥前守さまが職を辞される寸前まで追いこまれたゆえな。されど、又左衛門が半六のことを調べておったかどうかはわからぬ」

「さようですか」

「すまぬな、役に立てず」

妙な気分になった。山忠が殊勝に謝ることなど、天地がひっくり返ってもあり得ぬからだ。

「どうして、謝られるのですか」

「さてな。又左衛門が懐かしゅうなったのかもしれぬ。おっ、そういえば、生前のあやつをよく知る同心がひとりおった。名は櫛渕平九郎じゃ。通称、落としの平九郎。罪人から口書を取る名人でな」

「落としの平九郎にござりますか」

「知らぬのか」

「はい」

父と同じ吟味方の同心だったというのに、はじめて聞いた名であった。

「ま、おぬしなら知らぬかもしれぬ。あの頃は父に抗い、吟味方に背を向けておったゆえな。少なくとも、わしにはそうみえたぞ」

「はあ」

「櫛渕のやつ、今はどうしておるのか。何せ、又左衛門が亡くなってすぐのち、お役を辞したゆえな」

「さようでしたか。櫛渕平九郎どののこと、お教えいただき感謝いたします」

「ふん、はぐれに礼を言われても、ちっとも嬉しゅうないわ」

憎まれ口を叩いた山忠に、いつもとちがう情の深さを感じる。

又兵衛は深々と頭を下げ、山田屋敷をあとにした。

あれほど嫌っていた上役が、父に一目置いていたのだ。

父の一端に触れられただけでも、訪ねた甲斐はあった。

ともあれ、櫛渕平九郎とはどういう人物なのだろうか。父が亡くなった直後に職を辞したのは何故か、どうしても知りたくなった。

又兵衛は屋敷に戻らず、暮れなずむ町中を当て所も無く彷徨いた。

出代わりの季節でもあり、大路には椋鳥と呼ばれる出稼ぎ人たちが行き交っている。

途中で雨に降られたが、少しも気にならなかった。

月代を濡らしてたどりついたのは、迷路のごとき番町の一角である。

四谷御門から御濠に沿って、暗い道を市ヶ谷御門のほうへ歩いていった。

足を止めたのは三年坂の坂下、父が辻斬りに斬られたところにほかならない。

「十一年ぶりか」

二度と来ることはないとおもっていた。

父が斬られた夜も、冷たい雨が降っていたのだ。

見上げる急坂の左右には、武家屋敷がびっしり並んでいる。

乱心した浪人者とされる辻斬りは捕まっておらず、十一年前の惨事は風化しつつあった。

いったい何故に、このような場所で斬られねばならなかったのか。

――とことこ、とことこ。

初午の祭りは終わったのに、かんから太鼓の音色が聞こえてくる。

ふと、道端に目をやれば、福寿草が何か言いたげに咲いていた。

胸騒ぎであろうか、次第に鼓動が高鳴ってくる。

何ひとつ根拠はないが、髪下げの半六の一件と父の死が何処かで繋がっているようにおもわれてならない。

「父上、教えてくだされ」

又兵衛は濡れ鼠になりながら、しばらく暗がりに佇んでいた。

父の幽霊がむっくりあらわれはせぬかと、なかば期待していたのかもしれない。

いつの間にか雨音は途絶え、夜の帳が番町を包みこんでいく。

又兵衛は三年坂に背を向けた。

二

如月四日は赤穂浪士が切腹を遂げた忌日、又兵衛は静香をともない、高輪の泉岳寺まで足を延ばした。

父の命日は涅槃会の十五日だが、この日は平手家の祖霊を供養せねばならない。

泉岳寺詣では市井でも人気があるので、墓所には大勢の参詣人が訪れている。

幸い、四十七士の墓所とは離れているので、混雑からは免れることができた。

墓石に樒を供えて線香を焚き、静香とともに屈んで経を唱える。

袈裟衣の住職があらわれ、にこやかに声を掛けていった。

「平手さま、一年が経つのは早いものですな」

お辞儀をすると、経もあげずに遠ざかってしまう。

檀家への応対で忙しいのであろう。

ふと、又兵衛は墓石のかたわらに目をやった。

黄梅がそっと置いてある。

「摘まれたばかりにございますね」

静香に囁かれた。

迎春花とも呼ばれる黄梅を、誰が供えてくれたのか。

周囲をみまわしても、こちらに関心を向ける者はいない。

「別の墓とまちがえたのかも」

立ちあがったところへ、消え入りそうな美しい唄声が聞こえてきた。

「せんじょやまんじょの鳥追、お長者のみうちへおとづれるはたれあろ、右大臣に左大臣、関白殿が鳥追……」

菅笠で顔を隠した鳥追が三味線を掻きならし、浄瑠璃を唄いながら近づいてくる。

「……おつたか」

又兵衛は、ぱっと顔を輝かせた。

鳥追は唄を止めて身を寄せ、深々とお辞儀をする。

「平手さま、お久しゅうございます」

顔をあげた女は、やはり、おつたであった。

父にまつわる一連の出来事はすべて、おつたが屋敷を訪ねてきたことからはじまったのだ。

再会を心待ちにしていたせいか、声が弾んでしまう。

「どうしておった。じつは、おぬしに会いたかったのだ」

おもいが強すぎて、前のめりになる。

かたわらの静香が、すっと離れていった。

おつたは気を使い、静香に微笑みかける。

「平手さまには、たいへん失礼なことをいたしました。命を救っていただいたお方がお父上さまだとおもいこんだばっかりに、たいへんなご迷惑を。奥方さまにもご心配をお掛けし、まことに申し訳ございませんでした」

「わたくしに謝ることなど、何ひとつありませぬよ」

静香は優しく応じ、墓石に供えられた黄梅に目をくれた。

「あのお花は、あなたが」

「いいえ、わたしではありません。されど、心当たりはございます。そのことで、平手さまにおはなしが」

「ん、いかがした」

「そのまえに、御礼を申しあげねばなりませぬ」

「何の御礼だ」

とぼけてみせると、おつたは口をぎゅっと結ぶ。

「虫の知らせがあって、先日、久方ぶりに船宿の井筒を訪ねました。女将さんから、徹は死んだと聞かされ……」

そこまで喋り、おつたは絶句する。

目から涙が溢れてきた。

気持ちが昂ぶったのか、嗚咽を漏らしはじめる。

「……す、すみません。むかしのことをおもいだして、つい」

「よいのだ。いくらでも泣くがよい」

おつたは好いた男に喉を裂かれ、三味線堀に浮かんだ小舟のうえに捨て置かれた。運よく塚本彦松に助けられたものの、それからの七年がどれほど長く辛いものであったかは想像に難くない。

「徹は阿漕な地廻りになっていたのですね。縄を打たれたあとに死んだと伺いました。たぶん、縄を打ったのは平手さまだろうと、女将さんは仰った。それを聞いて、居ても立ってもいられなくなり……でも、お伺いするかどうか迷っておりました。そこで、とあるお方にご相談申しあげたところ、赤穂浪士の忌日に泉岳寺に詣でれば、かならずお会いできようと言っていただいたのでございます」

とあるお方とは、誰なのであろうか。

おつたは今から十数年前、品川の岡場所で春を売っていた。あるとき、岡場所が警動（手入れ）に遭い、女郎たちは一斉に縄を打たれた。とあるお方とは、捕まったあとに世話を焼いてくれた同心のことらしい。喉を裂かれて鳥追になったあとも、折に触れて旧交を温めてきたのだという。

「お父上さまのことを、たいへん慕っておられたようでした。それゆえ、あちらの黄梅もきっと、あのお方がお供えになったものにちがいないと」

平手又左衛門が奉行所の役人だということを知ったおつたが、八丁堀の平手家を訪ねる気になったのも、その同心に背中を押されたからだという。

そしておつたが平手家の屋敷を訪れたことを伝えたところ、又左衛門のことをずっと黙っていた件について詫び、生前は又左衛門に世話になっていたと語ったようだ。

又兵衛は逸る気持ちを抑えかねた。

「同心の名を聞かせてくれぬか」

「はい」

おつたはうなずき、澄んだ眼差しを向けてくる。

「櫛渕平九郎さまにございます」

名を聞いた途端、又兵衛は低く唸った。

山忠から聞いていたので、なかば期待していたのかもしれない。

本人は気づいておらぬようだが、おつたが八丁堀の屋敷を訪ねてきたのは、櫛渕の導きによるものだったような気もする。

「ずいぶん以前に、お役を辞されたと聞いております」

「ならば、今は何を」

「たしか、蠟涙集めをなされておるかと」

あっと、声をあげそうになった。

「足を……足を引きずっておられぬか」

「はい、以前から痛風に苦しんでおいでだとか。もしや、ご存じなのですか」

「……い、いや」

小伝馬町牢屋敷の外で、櫛渕とは一度会っている。塚本彦松の素姓を知りたいとおもっていたやさき、老いた蠟涙集めが待ちかまえていたかのようにあらわれ、稲荷社の近くにある『八丈』という青提灯の居酒屋へ行ってみろと告げたのだ。

おつたは、黄梅をみつめながら言った。

「年に一度会っていただけるだけでも、ありがたいとおもっております」

所在は知らされておらず、かならず年末か年始に『八丈』で会うのだという。

「五郎次さんには、いつもよくしていただいております」

おつたは俯き加減でこぼし、墓石に向かって掌を合わせる。

又兵衛は、仏の掌のうえで踊らされているような気分だった。

もしかしたら、真砂の徹蔵や能見屋と関わるように仕向けられたのだろうか。

いずれにしろ、櫛渕平九郎に聞いてみなければなるまい。

「それでは、わたしはこれで失礼いたします」

おつたは腰を深く曲げ、足早に墓所から離れていく。

又兵衛は溜息を吐き、鳥追の淋しげな後ろ姿を見送った。

三

その晩も翌晩も『八丈』を訪ねたが、櫛渕平九郎には会えなかった。

五郎次によれば、いつもふらりとあらわれ、何処かへ去っていくらしい。所在もわからぬので、連絡の取りようもないという。

八日は事納め、歳棚を片付けて正月の行事を終える。町人地では天からの幸運を拾うべく、大屋根のうえに揚げ笊を設えた。また、この日は針供養もおこなわれ、豆腐に折れ針を刺したものが随所に散見された。

賄いに通ってくるおとよ婆は、芋や牛蒡や人参などの根菜をごった煮にする六質汁をつくってくれた。胡瓜の古漬けはあいかわらず舌が痺れるほど美味く、主税もすっかり気に入っている。

暗くなってから家を空けるのは気が引けたものの、又兵衛は夕餉もとらずに市中へ繰りだし、小伝馬町の露地裏に足を向けた。

今宵も『八丈』の青提灯は灯っており、慣れた仕種で縄暖簾を振りわければ、仏頂面の五郎次が待っている。客はひとりもおらず、奥の床几に座を占めると、燗酒と肴が運ばれてきた。

「ほう、鯛ではないか」

「へえ」

開いて一夜干しにした甘鯛の炙り焼き、酒の肴にしては贅沢すぎる。かつらむきの大根を干して三杯酢で漬けこんだ添え物もあり、又兵衛はにんまりとしながら炙り焼きに箸をつけた。

香ばしさと旨味が口いっぱいにひろがり、自然と笑みが漏れる。

「鯛は今が一番だな」

いくら褒めても、五郎次の反応は薄い。

そこへ、老いた客がひとりあらわれた。

「あっ」

又兵衛は声をあげ、目を丸くする。

近づいてきたのは、再会を願っていた人物にほかならない。

「どうも、平手又兵衛さま」

頭を下げた相手に、又兵衛は念を押した。

「元吟味方同心、櫛渕平九郎どのだな」

「いかにも」

「落としの平九郎と呼ばれたほどの御仁を知らぬとは、まことに恥ずかしいかぎりでござる」

櫛渕が役を辞したとされる十一年前、又兵衛はすでに例繰方の与力となって出仕していた。当時の与力や同心の名を知らぬのは、誰が考えても妙なはなしだ。

「あなたはお若かった。厳しいお父上に抗い、吟味方はもちろん、周囲との繋がりをいっさい断っておられたと伺っております。落としの平九郎など知らずとも、恥じ入ることなどひとつもないのですよ」

又兵衛は小さくうなずき、さっそく問いかけた。

「それがしが『八丈』に来ること、わかっておられたのか」

「ええ、何となく」

要領を得ぬこたえに、少し腹が立ってくる。

五郎次が近づき、新しい銚釐を置いていった。

「まあ、一杯」

床几で差しむかいになり、又兵衛のほうから燗酒を注いでやる。

櫛渕はありがたそうにうなずき、燗酒をちびちび呑みはじめた。

まるで、どぶに捨てられた老い猫のようだなと、又兵衛はおもう。

「箸をつけたが、よかったらこれも」

鯛の載った平皿を差しだすと、櫛渕は首を横に振った。

「いいえ、けっこうでござる。肴は食わぬもので」

沈黙が不自然な間を生じさせたが、聞きたいことは山ほどある。

喋りかけようとするや、櫛渕のほうがぼそっと漏らした。

「牛の角を蜂が刺す」

「ん、それはどういう意味か」

「無駄であった。あなたに期待したのが、まちがいだったということでござるよ」

鋭い眼差しで睨まれ、又兵衛はたじろいだ。

口書を取られる罪人にでもなったような気分だが、めげずに問わねばならない。

「期待したとは、どういうことです。もしや、鳥追のおつたを使って、それがしを巻きこもうとしたのか」

「おつたは何も知りませぬ。訪ねて気が晴れるなら訪ねればよいと、言うてやっただけでござるよ」

櫛渕は塚本を知っていたし、塚本が又左衛門の名を船宿の女将に告げた経緯もわかっていた。

「にもかかわらず、おつたには父のことも塚本どののことも何ひとつ伝えなかった。ちがいますか」

又兵衛の指摘に、櫛渕はうなずく。

「おったに伝えても意味はござらぬ。それは塚本さまのご意志でもあった」

「やはり、塚本どのとは以前から通じておられたのですね」

「申し訳ないが、丁寧な言葉遣いはお止めくださらぬか。あなたは与力なのだ」

「身分にかかわらず、年上の相手には敬意を払わねばならぬと、父から教わりました」

「なるほど、お父上らしいですな。されば、ご随意に」

「もう一度伺います。塚本どのとはお知り合いだったのですね」

「無論にござる。ふたりで能見屋の悪事を暴こうと約束しておりましたゆえ」

ふたりは役目を辞したあと別々の道筋を歩んだが、能見屋の不正に切りこむという同じ目的を携えていた。それゆえ、出会うべくして出会い、隠密裡に連絡を取りあう親密な間柄になったという。

又兵衛は声を荒らげる。

「何故、それがしを巻きこんだのですか」

「巻きこむつもりはなく、むしろ、あなたの出方をみたかった。正直、あそこまでのめり込むとおもわなんだゆえ、途中からは期待を膨らませてしまった」

勇躍、能見屋を訪ねたあたりからだったらしい。

「唐人の刺客に傷を負わされても、あなたは怯まなかった。塚本さまとはからい、能見屋の隠し蔵から抜け荷の証拠を盗んだと聞いたときには、捕り方を動かしてくれるかもしれぬ、さすがは平手又左衛門さまのご子息だと、小躍りしたものです。されど、糠喜びに終わった。能見屋の抜け荷は暴かれぬどころか、あなたのせいで塚本さまは還らぬ人となった」

「それがしのせいで」

「確たる証拠はござらぬ。されど、あなたが捕り方を動かそうと上に掛けあった直後、塚本さまは徹蔵たちに捕まって責め殺された。当然のごとく、あなたの動きとの関わりを疑わざるを得ませぬ」

真砂の徹蔵にも、同じことを言われた。たしかに、自分のせいかもしれぬと、又兵衛も何処かで疑っている。それゆえ、塚本の死を無駄にせぬためにも、能見屋の不正はかならず暴いてみせると決意を固めたのだ。

こちらの存念を見透かしたように、櫛渕はあっさり言った。

「あなたには無理だ。荷が重すぎる」

「何だと」

「そのことを伝えにまいったのでござるよ」

「待ってくれ、納得できぬ」

「塚本さまは惨い死に方をした。それなのに、あなたは今も捕り方を動かせずにいる。もちろん、町奉行所の連中がそれほど甘くないことはわかっております。されど、立ちまわりの下手なあなたのお力では、やはり、事態を好転させるのは難しそうだ。あなたには守るべき家族もいる。ご妻女や義理のご両親を犠牲にしてまで、この件にのめり込むことはできますまい。だとすれば、信用はできかねる。それに、まんがいち、あなたまで死なせたら、お父上に顔向けができませぬわい」

最後にぽろりと、櫛渕は本音を漏らした。

四

燗酒は冷めてしまった。

又兵衛は深呼吸し、冷静になろうとつとめる。

「墓石に黄梅を供していただきましたね。感謝しております」

「まことは毎年、お父上のご命日にお詣りしたかった。されど、本懐を遂げるまではできぬと心に誓ったゆえ、できなかったのでござる」

赤穂浪士の忌日に誓いを破ってまで参拝したのは、塚本彦松の死を伝えねばならなかったからだという。

「それと、やはり、ご子息を巻きこんでしまったことを謝罪申しあげねばならぬとおもいました」

「父のことを、それほどまでに慕っておられたのか」

父の葬儀を思い返しても、櫛渕の顔をみたおぼえはない。

「遠くから祈るしかなかったのでござるよ」

「何故に」

「お父上は根岸肥前守さまから密命を賜っておられました。それがしも密命の一端を担っておったがゆえ、そうするしかなかったのでござる」

又兵衛の顔が曇った。

「密命とは、もしや、能見屋への探索でしょうか」

櫛渕は押し黙る。これ以上は喋るまいという意志をしめされ、又兵衛は自分でもよくわからぬまま、床几に両手をついた。

くいっと顔を持ちあげ、真剣な眼差しで訴える。

「櫛渕どの、もう一度機会を与えてくださらぬか。それがしを信じ、すべてをおはなしいただきたい」

さすがに、櫛渕は狼狽えた顔をする。

与力が元同心に頭を下げることなど、あり得ぬからだろう。

ほっと溜息を吐き、櫛渕は静かに喋りはじめた。

「当時、あなたはすでに与力として出仕して数年経っておった。されど、お父上は隠密御用について、何ひとつおはなしにならなかったはず。あなたにそれがしを会わせぬようにと心懸けてもおられました」

たしかに、当時のことは何ひとつ知らなかった。髪下げの半六のことも、能見屋のことも、ましてや、父が抜け荷の探索に関わっていたことなど、まったく知らなかった。

「事のはじまりは、偽人参を売った廉で半六に縄を打ったこと。口書を取ったのは、誰あろう、それがしにござる。調べを進めていくと、半六は毒人参を呑ませて、人をひとり殺めていた」

鳥越の権七という岡っ引きで、権七は偽人参のことを詳しく調べていた。それゆえ、口封じのために毒人参を呑ませたと、半六は白状したのだという。

「偽人参を売っていただけでなく、人殺しの罪が発覚した頃、とある藩士から密訴がございましてな」

密訴状の中味は、半六は対馬藩の間者で、しかも、能見屋と謀って抜け荷をやっているという驚くべきものだった。

抜け荷の品は鼈甲や蘇木や鉛や顔料など。それゆえ、最初は長崎会所経由で琉球八品を扱う薩摩藩との関わりも疑ったのだが、密訴をおこなった藩士というのは対馬藩の勘定方であった。

「対馬藩ですか」

「さようにござる」

能見屋は新興の薬種問屋で、抜け荷の目玉は高麗人参だった。高価な高麗人参は、朝鮮半島と関わりの深い対馬藩が一手に仕入れる。ただし、表向きは幕府にすべて納められ、直売りは許されていない。莫大な利益をみすみす逃すまいと、藩ぐるみの抜け荷がおこなわれているとの指摘は、今でも幕府内でまことしやかに囁かれていた。

櫛渕が言うには、能見屋は十数年来、唐船を使った抜け荷に手を染めているという。

「抜け荷で儲けた金の力を使って、対馬藩十万石の御用達にもなった。そればかりか、今では日本橋本町三丁目にうだつの高い店を構える大店に成りあがりました。されど、確たる証拠がございませぬ」

疑われても捕り方の手が伸びぬ理由は、やはり、対馬藩の重臣と密な関わりにあるからなのだろう。

「密訴した勘定方は密訴状を届けたあと、藩邸内にて腹を切ったと聞きました。ところが、怪しい重臣の名は訴状に遺されていた」

今ものうのうと生きのびているどころか、藩政を牛耳っていると聞き、又兵衛は重臣の名を是非とも知りたくなった。

櫛渕は、すっと背筋を伸ばす。

「聞いたら後には引けませぬ。その覚悟はおありか」

「無論でござる」

「ならば、申しあげよう。姓名は梶谷将監、対馬藩の中老でござる。無論、お父上も存じておられました。何せ、根岸肥前守さま直々の密命により、訴状の真偽をお調べになっておられたのですからな」

父の又左衛門と櫛渕は、最初から密命を下されていたわけではない。根岸肥前守は半六についての密訴状を携え、大目付の中川飛驒守に伺いを立てた。数日後に戻ってきた飛驒守の返答は、対馬藩がすべてを否定したというもので、半六は間者などではなく、抜け荷の証拠もみつからない。すべては勘定方の狂言にほかならず、日頃から虚言癖のある者であったゆえ、ご容赦願いたいとの内容だった。

「半六は口を割らず、対馬藩の間者であることを隠しとおしました。されど、お父上もそれがしも、間者であるとの手応えを得ておった。肥前守さまも疑いをお持ちになり、大目付に再度の調べを願いでられたのでござります」

ところが、中川飛驒守から言下に拒まれたため、南町奉行の職を辞すことにしたのだという。

その時点ではまだ、半六の処刑はおこなわれていなかった。

「さよう、根岸肥前守さまは、御沙汰の差し違えでお辞めになるべきか否かを迷われたのではござらぬ。職を賭してでも、抜け荷の探索を続行するよう、幕閣のお歴々に迫られたのでござります」

されど、再度の訴えも退けられ、大目付からも矢のような催促があり、半六は処刑された。肥前守は辞めるつもりでいたが、時の老中であった松平伊豆守が家斉公に諮り、鶴の一声で辞意を撤回させた。名奉行の誉れも高い根岸肥前守を辞めさせたとなれば、世情の不安を煽ることになるという判断からだ。

すべては表沙汰にできぬ内容ゆえ、町奉行所のなかでも密命に関わった又兵衛の父と配下であった櫛渕しか知らぬ経緯だという。

「ふうむ」

又兵衛が考えこむと、櫛渕は淡々とつづけた。

「されど、それで終わらせるような肥前守さまではあられませぬ。大目付の筋は頼りにならぬと仰り、町奉行所独自で隠密裡に抜け荷の証拠を集めるご覚悟を決められ、お父上に密命を下されたのでござります」

それから約一年ほど、父は寸暇を惜しんで探索をつづけたが、敵も警戒したのか、確乎たる抜け荷の証拠を入手できなかった。首謀者とおぼしき対馬藩の重臣も御用達となった悪徳商人も罰することができず、父の死とともに密命は撤回されたのである。

「お父上がお亡くなりになり、肥前守さまは落胆しておられました。お父上のもとで探索をおこなっていたそれがしは責を感じ、役を辞したのでござります」

だが、櫛渕はあきらめきれなかった。

「そもそも、剣客でもあられたお父上が、背中なんぞを斬られるはずはない。かならずや、密命との関わりで命を落とされたにちがいないとおもうたのです。何としてでも、お父上の仇を討ちたい。その一念で、それがしはこうして生きながらえておるのでござります」

武家地を経巡って蠟涙を集めながら、こつこつと調べを重ねてきたのだという。

又兵衛は迫りあがる感情をぐっと堪え、冷静な指摘をおこなった。

「当時の裁許帳は、櫛渕どのが記載なされたのか」

「はい」

「半六の項に、訴人のみ屋番頭清吉と記したのは」

「お察しのとおり、それがしにござります。ついでに、読売も挟んでおきました」

番頭の清吉は訴人ではなかった。せめてもの抵抗という気持ちから、能見屋に繋がる表記をおこなったのだという。無論、事実と異なる表記は許されぬことで、職を辞した理由のひとつでもあったが、誰かにみつけてもらいたいとの願いも込めて記したらしかった。

「十年余りも経って、又兵衛さまがおみつけくださるとはおもいもよりませなんだ。これも、お父上のお導きにござりましょう」

櫛渕の言うとおり、父に導かれたとしかおもえない。

又兵衛は袖口からたたんでいた紙縒を取りだした。

櫛渕にみせると、そちらは又左衛門から預かっていたものを挟んだということだった。

もはや、足踏みしているわけにはいかなかった。

「落としの平九郎どの、何卒よしなに」

又兵衛は興奮を抑えきれず、板場の五郎次も驚くほどの大声を張りあげた。

五

胸の傷は癒えてきた。

晒しを巻けば、痛みはほとんど感じない。

父から譲り受けた美濃伝の和泉守兼定を鞘走らせ、久方ぶりに素振りをおこなった。

互の目乱の刃文も美しい、二尺八寸の長尺刀である。

父は同じ香取神道流の遣い手であったにもかかわらず、この刀を抜かず、何者かに背中を斬られた。

同じ轍は踏むまいと、素振りのときはいつも自分自身に言い聞かせている。

四日後の夕刻、又兵衛は兼定を帯に差し、日本橋本町三丁目へやってきた。

――ごおん。

本石町の時鐘が暮れ六つ（午後六時頃）を告げている。

人が魔と出会う逢魔刻であった。

長元坊には「水臭えじゃねえか」と言われそうだが、平手又左衛門の子として、今度ばかりはひとりで解決したかったのかもしれない。

通りを隔てた物陰から、能見屋を窺う。

あたりが薄暗くなった頃、一挺の法仙寺駕籠が滑りこんできた。

提灯持ちは白髪の目立つ番頭の清吉だ。

清吉に先導され、主人の藤右衛門が表口にすがたをみせる。

でっぷりと肥えた腹を抱え、苦労しながら駕籠の内に身を入れた。

駕籠がすっと持ちあがり、先棒と後棒が交互に鳴きを入れはじめる。

「あん、ほう、あん、ほう」

軽快に進む駕籠尻を追いかけ、大路をひたすら東へ向かった。
周囲に目を凝らしても、唐人の刺客らしき人影はない。
駕籠は両国広小路を突っ切り、大橋を渡って本所をめざす。
闇は次第に濃くなり、波立つ川面は暗く沈んでいった。
橋を渡ると駕籠は墨堤に沿って北へ進み、吾妻橋の橋詰めも通りすぎた。
さらに、向島の三囲稲荷を右手に折れ、薄暗い田圃のただなかをたどる。
行きついたさきは、魚を放流した大きな生け簀で知られる料理茶屋だった。
能見屋は駕籠から降り、迎えでた女将に導かれて茶屋の内へ消えてしまう。
通い慣れているものと察せられた。能見屋の招きで誰かを接待するのだろう。
しばらく様子を窺っていると、黒塗りの権門駕籠が滑るように近づいてきた。
闇駕籠であろうか。
乗っているのは、身分の高い侍にちがいない。
——梶谷将監。
櫛渕平九郎が口走った重臣の名を頭に浮かべた。
対馬藩の中老でありながら、高麗人参の抜け荷に関わっているという。
動きを止めた駕籠の脇には、大柄で厳ついからだつきの侍が随従していた。

「用人頭か」

櫛渕から、名は聞いている。

――深津陣内。

天心独名流の剣客らしい。

物腰から推せば、かなりの遣い手だ。

しかも、何処かでみたおぼえがある。

「おもいだした」

塚本の導きで能見屋の隠し蔵へおもむいたときだ。能見屋や徹蔵といっしょに、桟橋のうえから荷下ろしを眺めていた。

やはり、対馬藩の者が抜け荷に関わっているのだと確信できた。

「あやつめ」

又兵衛は身を乗りだす。

駕籠の垂れが跳ねあがり、小太りの人物が降りてきた。

頭巾をかぶっているので、顔つきまではわからない。

背恰好の特徴は聞いており、梶谷将監だとすぐにわかった。

梶谷も武芸に秀でており、一指流の槍術を修めているという。

櫛渕には「なかなかに手強いふたりでござる」と言われたが、又兵衛は少しも恐れを抱かなかった。

梶谷と深津は前後になり、さきほどの女将に導かれていった。

能見屋は頻繁(ひんぱん)に宴席(えんせき)を設(もう)け、梶谷と悪事の相談をしているのだろう。

十二年という長い年月の空白を埋めるためにも、悪の根を断たねばならない。

もちろん、暗殺という手も考えられるが、父はけっして許すまい。

――どのような悪人でも、公正な裁(さば)きを受けさせねばならぬ。

櫛渕にも「お父上ならば、そう仰ったでしょう」と諫(いさ)められた。

「公正な裁きか」

わからぬではない。暗殺におよべば、すべてが闇から闇へ葬(ほうむ)られる事態にもなりかねず、それだけは避けねばならなかった。重臣の関わった抜け荷ともなれば、対馬藩の浮沈を左右する一大事と考えてよかろう。少なくとも、対馬藩の殿さまには悪事のすべてを知ってもらい、藩内で厳しい処分を講じさせねばなるまい。そうでなければ、別の者によって繰りかえされる公算が大きいからだ。

だが、又兵衛はいざとなれば、相手を斬るしかないともおもっていた。

その覚悟ゆえに、刃引刀(はびきとう)ではなく、宝刀の兼定を帯に差してきたのだ。

――ほう、ほう。

鳴いているのは、杜の木菟であろうか。

物陰に隠れた鼠を狙っているのかもしれない。

捕食されるのは自分かもしれぬ。

ふと、弱気の虫が頭を擡げたとき、表口が騒がしくなった。

いつの間にか二刻（約四時間）余りも経過し、宴席が終わったようだった。

対馬藩の主従がさきに帰り、能見屋は客を見送ってから帰路につくはずだ。

わずかに迷ったものの、能見屋のほうを追いかけることにした。

機をみて駕籠を襲い、その場で責めて悪事のからくりを吐かせてやる。

逸る気持ちを落ちつかせ、又兵衛は権門駕籠を見送った。

つづいて動きだした法仙寺駕籠の駕籠尻を追いはじめる。

「あん、ほう、あん、ほう」

戻りの田圃道はいっそう暗く感じられ、先導する提灯の炎だけが遠くに揺れていた。

しばらく進むと、三囲稲荷の杜が近づいてくる。

二股の道をまっすぐ進むはずが、駕籠はふいに右手へ曲がった。

右手へ行けば、朱の鳥居を潜ることになる。
誘っているのだろうか。
又兵衛は裾を持ちあげ、必死に追いかけた。
二股の道で右手に曲がり、朱の鳥居を潜る。
石灯籠の灯りが点々とつづき、拝殿の左右には白い狐が座っていた。
駕籠はとみれば、参道の端に止まっている。
「ん、何のまねだ」
又兵衛は警戒しながら近づき、駕籠の横にまわって垂れを捲った。
誰もいない。
「ひゅっ」
息継ぎとともに、背後に殺気が立った。
振りむいた鼻先へ、三節棍が伸びてくる。
咄嗟に屈んで躱し、兼定を抜きはなつ。
――びゅん。
抜き際の一刀は空を斬り、黒い影が二間余りも跳躍した。
石灯籠のうえにふわりと降り、こちらを見下ろす。

「龍舜か」
弁髪を垂らした唐人の刺客にほかならない。
「ふいっ」
龍舜は口笛を吹き、石灯籠から飛びおりる。
又兵衛は刀を青眼に構え、長々と息を吐いた。
落ちつきを取りもどし、刀を右八相に構えなおす。
龍舜は身を低くし、じりっと爪先を躙りよせてきた。
同じ轍は踏まぬぞと、胸の裡に言い聞かせる。
龍舜は安易に襲いかかってこない。
真砂の徹蔵を百舌鳥の早贄のごとく、千枚通しで串刺しにした男だ。
金さえ貰えば何でもやる。殺しなど屁ともおもっていないのだろう。
斬ってもよいと、又兵衛はおもった。
――そういたすがよかろう。
拝殿のほうから、白い狐がみつめている。
――ばさっ。
突如、猛禽の羽音が響いた。

木菟であろうか。
気を取られた瞬間、三節棍が鼻先に伸びてくる。
と同時に、別の角度から千枚通しが突きだされた。
「やっ」
千枚通しを躱し、又兵衛は袈裟懸けを浴びせる。
――ばこっ。
脳天に衝撃を受けた。
棍の一撃を避けきれなかったらしい。
又兵衛は片膝をつき、首を左右に振る。
致命傷は免れており、手応えもあった。
「……うう」
龍舜は蹲り、呻いている。
ただし、血は流れていない。
又兵衛は咄嗟に、兼定を峰に返していた。
――斬ってはならぬ。
斬りつける寸前、父のことばを聞いたような気がしたのだ。

念の込められた兼定の一撃は、龍舜の鎖骨を砕いていた。

「……な、縄を打ってやる」

又兵衛は懐中から、震える手で縄を取りだそうとする。

龍舜が三白眼に睨みつけ、口端を吊って笑った。

――むぎゅっ。

舌を噛み、どっと俯してしまう。

「……く、くそっ」

又兵衛は悪態を吐き、そのまま気を失った。

やはり、棍で打たれた箇所が悪かったのか。

気づいてみると、鼻先に提灯を翳されていた。

ふたりの男が屈み、上から覗きこんでいる。

「旦那さま、こいつです」

声の主は、清吉という番頭のようだった。

かたわらの醜い男は、能見屋藤右衛門であろう。

「南町奉行所の与力だったな。たしか、名は平手又兵衛」

「平手という姓、何処かで聞いたような」

「そうか」

「ま、いずれにしろ、口を封じておかねば」

清吉は懐中に手を入れ、匕首を抜いた。

すかさず、能見屋がたしなめる。

「まあ、待て。役人を殺めれば、あとが面倒だ」

「よろしいのですか、生かしておいて」

「放っておけ。どうせ、何もできぬ。それに勝手に殺したとあっては、方々から何を言われるかわからん」

「龍舜はいかがしましょう」

「捨てておけ。代わりはまた探せばよい」

「かしこまりました。旦那さまがそう仰るなら」

番頭の不満げな声とともに、灯りが遠ざかっていく。

すぐそばには、哀れな唐人の屍骸が横たわっていた。

まるで、頭陀袋のようだ。

鴉の群れが飛来し、屍肉を突っつきはじめる。

どうにか起きあがり、ふらつきながら鴉どもを追いはらう。

又兵衛は足許もおぼつかぬまま、血腥い参道から逃れていった。

六

目を覚ましたのは、二日目の早朝だった。

褥から半身を起こすと、頭が割れるように痛んだ。

三囲稲荷からどうやって屋敷に戻ったのか、まったくおぼえていない。

わかっているのは、一日余り、死んだように眠っていたということだ。

「二、三日は安静にしておらねばならぬそうですよ」

静香が粥を運んできてくれた。

ぐうっと、腹の虫が鳴る。

「町医者にみせたのか」

「はい、頭を強く打ったようですが、お命に別状はあるまいとのこと」

「さようか、なれば、出仕せねばなるまい」

「ご無理なさらずに」

「大丈夫だ。ほら、このとおり」

又兵衛はおとよの古漬けを囓り、お粥をぺろりと平らげてみせる。

膳を下げるまでは微笑んでいたが、静香が居なくなった途端、痛む頭を抱えた。

是が非でも裃を纏って出仕し、内与力の沢尻玄蕃に能見屋の行状を訴えねばならぬ。

今度こそは捕り方を動かさせるべく、全身全霊で説かねばなるまい。

心配そうな静香を残し、又兵衛は屋敷をあとにした。

奉行所の門前に着いてみると、嘘のように痛みは消えている。

檜の香りたつ玄関へあがったところへ、ちょうど、沢尻が出仕してきた。

「沢尻さま」

又兵衛の声があまりに大きかったので、周囲の連中が振りかえる。

そのなかには、鰓の張った吟味方与力の永倉左近もいた。

みなから「鬼左近」と呼ばれ、意地の悪さでは山忠と双璧の人物だ。

山忠と同様、筒井伊賀守の子飼いでもある沢尻とは対立している。

それゆえか、又兵衛のことを糞でもみるような目で睨みつけた。

この際、鬼左近にどうおもわれようが、かまってなどいられない。

「沢尻さま、お願いがございます」

鬼気迫る形相で告げると、沢尻は顎をしゃくって御用部屋へ誘った。

鬼左近の舌打ちを背中で聞きながら、又兵衛は廊下を渡る。

部屋の内へ誘われると、沢尻からさっそく声を掛けられた。

「昨日は非番だったのか」

「あ、はい」

「まあ、座れ」

下座で襟を整えるや、ふうっと重たい溜息を吐かれた。

「おぬし、何をやった。昨日、とある筋からお叱りがあった。例繰方の平手又兵衛を謹慎させよとの内容じゃ」

ぴんときた。能見屋が手をまわしたのだ。

されど、どういう筋にはなしを通したのだろうか。

町奉行所の内与力に圧力を掛けられる人物となれば、幕閣のなかでもかなり力のある大物にちがいない。

又兵衛はあれこれ考えをめぐらせつつも、まずは能見屋の悪事を訴えねばならぬとおもった。

「お願いの儀を申しあげても、よろしゅうございますか」

「何じゃ」

「能見屋の抜け荷に関してでござります」

「ふん、そうであろうとおもうたわ。捕り方を差しむけろと言われても、どだい無理なはなしじゃ」

「何故にでござりますか。能見屋と結託して悪事をはたらいている者たちの名もわかっております」

「言うな。どうせ、対馬藩の重臣であろう」

閉じた扇子を喉元に突きだされ、又兵衛は声に怒りを込めた。

「やはり、ご存じでしたか」

「やはりとは何じゃ」

「能見屋が裏に手をまわし、それがしを謹慎させよと命じさせたにちがいありませぬ」

「莫迦な。手前勝手な考えで物を申すな」

「ちがいますか。ならば、謹慎の理由をお教えください」

「町奉行所の与力風情が、大名家の内情に口出しいたすなということじゃ」

「どなたです。上からさように仰ったのは」

「おぬしに言うつもりはない」

「さようですか。ならば、謹慎の命は承服しかねます」

沢尻は細い目を、さらに細くした。

又兵衛の尋常ならざる態度を不思議に感じたのかもしれない。

「おぬしがそこまで傾倒しようとはな。何か事情があるのだろうが、まあ、それは聞くまい。わかっておるとおもうが、対馬藩は十万石の大藩ぞ。朝鮮半島との交易を司る大切なお役目を担っておる。抜け荷は藩の浮沈にも関わる一大事じゃ。おぬしごときが軽々しく扱えるとおもうなよ」

「沢尻さまは、何処まで承知しておられるのですか」

「ふん、おぬしに言う必要はあるまい」

「それは妙ですな。そもそも、偽人参の件を調べよと仰せになったのは、沢尻さまなのですぞ。しかも、御奉行の下された密命であると、それがしは受けとっておりました。ご存じのとおり、能見屋は対馬藩の御用達にもかかわらず、藩の重臣と結託し、何年ものあいだ高麗人参の抜け荷と横流しをやっております。それがしはこの目で荷下ろしを確かめ、先般、証拠の品もお持ちしました。能見屋が宴席に招いた重臣の家来を、それがしは桟橋で目にしております。能見屋の放った刺客にも襲われました。これでも、悪党どもを野放しにしておけと仰せですか」

「はぐれと呼ばれるおぬしが、それほど熱くなるとはおもわなんだ。よいか平手、おぬしが何をみようと、そんなものは証拠にならぬ。町奉行所の役人が大名家の重臣や御用達に縄を打つことなどあり得ぬのだ」

町奉行所が抜け荷の取り締まりをやってはならぬという定めはない。抜け荷の事実を摑んだら、相手が何万石の大名家であろうとも対等に渡りあうことはできるし、大目付を差しおいて罰してはならぬという法度もない。ただ、前例があまりないというだけのはなしだ。

又兵衛は粘った。

「どうあっても、できぬと」

「できぬものはできぬ」

「承知しました。もう、お願いはこれきりにさせていただきます」

「これきりにして、おぬしはどうする気だ」

「筋は通しました。やりたいようにやらせていただきます」

「それが迷惑だと申しておるのじゃ。わからぬのか」

「生来の石頭ゆえ、わかりませぬ」

「莫迦め、勝手にしろ」

捨て台詞を吐かれ、部屋から追いだされる。

やはり、上役は頼りにならぬ。それだけはわかった。

又兵衛は早々に役目を切りあげ、足早に帰路をたどる。

夕暮れの濠端に目をやれば、猫柳が風に揺れていた。

鉛と化した足を引きずり、弾正橋の手前までやってくる。

渡ろうか否か迷ったあげく、渡らずに川沿いに足を進めた。

長元坊に慰めてもらうべく、常盤町のほうをめざしたのだ。

「平手さま」

後ろから、誰かに呼び止められた。

弾正橋のそばから、鳥追のおつたが駆けてくる。

「お待ちください。櫛渕さまから、お預かりものを」

おつたは身を寄せ、油紙に包んだものを差しだす。

「これをお渡しするように申しつかりました」

油紙を開いてみると、帳簿らしき冊子が出てきた。

「ん、これは」

高麗人参の抜け荷が克明に記録された裏帳簿である。

おそらく、能見屋の筋から手に入れたのだろう。

悪事の動かぬ証拠となる公算は大きかった。

おつたは涙目になり、ぷっと小鼻を膨らませる。

「櫛渕さまは、明朝、駕籠訴をやられるそうです」

「まことか、それは」

「はい。老い侍の意地をみせてやるのだと、悲しげに笑っておられました」

おつたの目から、大粒の涙がこぼれた。

「お侍のことは、わたしにはわかりません。でも、櫛渕さまを死なせたくない。何があっても、生きていてほしい。それだけが、わたしの願いです」

おつたは深々とお辞儀をし、涙を拭きながら踵を返す。

又兵衛は裏帳簿を握りしめ、痩せた後ろ姿を見送った。

七

悪いものは悪い。誰が何と言おうと罰しなければならぬ。

だが、得てして世の中はそうならぬ。欲の虜になった連中が権力の座にあれば、どのような悪事も金の力でなかったことにできるのだ。

信念を貫いた者が罰せられる世の中はおかしい。

ただし、駕籠訴をすれば、その場で斬られても文句は言えぬ。

蠟涙集めに勤しむ元町方同心は、対馬藩の殿さまを乗せた駕籠に訴状を突きつけるのだという。

「何故、死に急ぐのだ」

臥薪嘗胆、十年余りもの歳月を費やし、巨悪の罪を探索してきたにもかかわらず、何故この期におよんで捨て身の策を講じねばならぬのかと、胸中に何度も問いかけずにはいられなかった。

もちろん、こたえはわかっている。

侍だからだ。

恥を忍んで生きながらえるくらいなら、潔く死に花を咲かせたい。

侍という生き物には、そうした厄介な習性がある。

又兵衛もよくわかるだけに、櫛渕平九郎の決断を否定はできない。

裏帳簿を託し、あとはよろしく頼むと肩を叩かれたようなおもいだった。

が、やはり、見殺しにはできぬ。

侍の意地を貫きたいのだとしても、こうなるきっかけをつくったのは父の又左衛門にほかならぬからだ。

櫛渕を死なせたら、父はきっと許すまい。

翌朝、又兵衛は是が非でも駕籠訴を阻むべく、千代田城へとつづく大手御門前に向かった。

対馬藩宗家の当主は義質公、齢二十三の若さゆえか、藩政をおこなう器量に乏しく、朝鮮半島との交易利権などをめぐって、重臣たちが熾烈な派閥抗争を繰りひろげているとの噂もある。

伝手をたどって調べてみると、中老の梶谷将監は一派閥を形成し、藩政を牛耳ろうと目論んでいるようだった。奥向きや近習衆に大金を配り、奥方をはじめ近しい者たちに取り入ることで義質公の信頼を得ようとしているのだ。

もちろん、金の出所は能見屋であろう。抜け荷や横流しで儲けた汚い金を使って、家老になるための工作をしているのだ。

沢尻にも言われたとおり、それは対馬藩のなかで処理すべきことなのかもしれない。

だが、少なくとも、根岸肥前守はそう考えなかった。事は一大名家に留まらず、幕閣にも汚い金の恩恵を受けている連中がいるはずだと踏んだからにちがいない。

肥前守の密命を意気に感じ、父は必死に巨悪を追いかけた。

そして、志なかばで斃れたのだとすれば、子の又兵衛が遺志を継がぬわけにはいかなかった。

ここまで導いてくれた櫛渕平九郎は、紛うかたなき恩人である。櫛渕がいなければ、父の無念を知らぬまま過ごしていたはずだ。

「冷えるな」

ぶるっと、又兵衛はからだを震わせた。

黒雲が低く垂れ、さきほどから白いものがちらちら舞っている。

「どうりで、寒いはずだ」

掌を擦りあわせ、白い息を吐きかける。

舞っているのは、湿気をふくんだ牡丹雪だった。

涅槃会には毎年かならず、降り仕舞いの雪が降る。

名残の雪とも、雪の別れとも言われ、午後には解ける雪ではあったが、次第に降る量が増えていった。

気づいてみれば、大手御門前は白一色に塗りかわっている。

まだら雪の狭間に人影を見定めるのさえ、至難の業になってきた。

しかも、対馬藩の当主を乗せた網代駕籠がいつあらわれるかもわからない。

従前より諸大名のもとへ「涅槃会は登城におよばず」とのお達しがあったため、老中や若年寄以外の大名駕籠はやってこないはずだが、あくまでもそれは当て推量にすぎない。だいいち、義質公は将軍に何らかの用があって登城するのだ。ほかにも、同じような大名がいないともかぎらなかった。

櫛渕も義質公の登城があるのを察知し、今日という日を選んだのである。

今のところ、門前に向かってくる駕籠はなく、行き交う人影もまばらだった。

目を皿にしても、櫛渕のすがたはみつけられない。

雪はいっそう激しくなり、風景がまだら模様に変わっていく。

「いもお、焼き芋」

間の抜けた焼き芋売りの声が、何処からか聞こえてきた。

大名家の家臣たちが集う総登城の日なら、食べ物売りが大勢いてもおかしくはない。

だが、今日は物売りが彷徨く日ではなかった。

妙だなとおもって目をやると、濠端に焼き芋屋の屋台が近づいてくる。

門番らしき侍が小走りに近づき、ほかほかの芋を買いもとめた。

屋台にひるがえる幟には「十三里」と書いてある。

九里四里（栗より）美味い十三里と掛けているのだ。

やがて、大路の彼方から駕籠の一団がやってきた。

徐々に近づく黒いかたまりを、又兵衛は注視する。

「あれか」

いや、そうとはかぎらぬ。

宗家の家紋は五三の桐、ご先祖が朝鮮通信使の招聘を成功させ、豊臣秀吉から拝領したものだという。

旗幟を立ててはおらず、駕籠の見分けはつかない。

もうすぐ四つ刻（午前十時頃）なので、毎日登城せねばならぬ老中や若年寄を乗せた駕籠かもしれなかった。

周囲に目をやっても、駕籠訴を仕掛けそうな人影はない。

「いもお、焼き芋」

焼き芋屋の間の抜けた売り声だけが聞こえてくる。
だが、濠端に屋台はなかった。
どうしたわけか、駕籠の一団に近づいていく。
又兵衛のところからは、半町（約五十五メートル）ほど離れていた。
突如、屋台から人影が躍りだす。
「えっ」
櫛渕かもしれぬ。
片足を引きずっていた。
やはり、そうであったか。
焼き芋屋の親爺に化けていたのだ。
「くそっ」
又兵衛は裾を端折り、駆けだそうとした。
つるっと滑り、顔から地べたに落ちる。
雪を食った。
「お願いいたします、お願いいたします」
櫛渕のものらしき声が、ここまで届いてくる。

駕籠は止まらず、陸尺たちは歩きから早足に変わっていた。

「お待ちを、対馬守さま、貴藩の浮沈に関わる一大事にございます」

櫛渕らしき人影は防の藩士たちを振りきり、網代駕籠に倒れこむ。

大胆にも駕籠に縋りつき、なおも叫びつづけた。

「対馬守さま、どうか、どうか、お聞き届けを」

藩士たちは狼狽え、ちりぢりになった。

重臣らしき陣笠の人物が、怒声を放つ。

「くせものじゃ、振り払え」

陸尺たちが前屈みになり、とんでもない速さで駆けだした。

櫛渕は振りきられ、藩士たちは血相を変えて駕籠を追いかける。

又兵衛は前歯を剥き、反対側から必死の形相で駆けていった。

駕籠は老中を乗せた駆け駕籠のごとく、猛然と突っこんでくる。

又兵衛は駕籠の一団と擦れちがい、慌てふためく藩士たちを避けながら櫛渕のもとへ近づいた。

陣笠の人物は家来数人をしたがえ、その場に留まっている。

背恰好から推して、中老の梶谷将監であろうと察せられた。

「深津、この者はわしの鞘に触れた。斬って捨てよ」

「はっ」

命じられたのは、用人頭の深津陣内であろう。

ふたりの面前で、櫛渕は膝を屈している。

地べたに両手をつき、逃げようともしない。

もちろん、鞘になど触れていなかった。

成敗するための言いがかりにすぎない。

「覚悟いたせ」

深津が白刃（はくじん）を抜いた。

又兵衛は、後ろから必死に叫ぶ。

「お待ちを、お待ちくだされ」

声が届かぬのか、誰ひとり振りむかない。

そのとき、櫛渕が身を起こした。

「何卒、これをお渡しくだされ」

訴状らしきものを両手で差しだす。

つぎの瞬間、深津が刀を斬りさげた。

――ばすっ。

袈裟懸けだ。

わずかに、櫛渕は身を反らす。

ばっと、鮮血が飛散した。

櫛渕は胸を斬られて仰向けになり、ぴくりとも動かない。

深津は刀身の血を拭い、黒い鞘に納めた。

「この者は大名家の供先を割った。切捨御免じゃ」

番士や野次馬たちに聞こえるように、梶谷が大声を張りあげる。

又兵衛はようやく、そばまでたどりついた。

「その者は供先を割ったのではない。お上も認める訴人にござろう」

梶谷に食ってかかると、三白眼で睨まれた。

「おぬしは何者じゃ」

「平手又兵衛、南町奉行所の与力にござる。供先を割ったと偽って訴人を斬るとは許し難い。侍としてあるまじき所業ゆえ、罪は免れませぬぞ」

「黙れ、木っ端役人め」

怒鳴りつけられても、又兵衛は怯まない。

「各々方の所業、しかと目に焼きつけましたぞ」

「ふん、不浄役人ごときに何ができる。深津、まいるぞ」

「はっ」

深津は大柄なからだを寄せ、臭い息を吐きかけていった。

又兵衛は急いで駆けより、櫛渕のからだを引きおこす。

もはや、手の施しようがないのはわかっていた。

「……と、とどめを」

櫛渕は最後の力を振りしぼり、灰色の空を睨みつける。

もはや、目はみえておるまい。

「……た、頼む」

掠れた声で漏らすや、すっと力が抜けた。

「櫛渕さま、櫛渕さま……」

いくら呼んでも、還ってくるはずがない。

右手には血塗られた訴状が握られてあった。

得難い侍の死を惜しむかのように、牡丹雪は降りつづいている。

櫛渕平九郎は正義に殉じたのだと、又兵衛はおもうしかなかった。

八

父の命日でもある涅槃会に、櫛渕平九郎は死ぬつもりだったのかもしれない。

又兵衛は助けられなかった後悔を抱えつつ、櫛渕を荼毘に付した。

野辺送りの途上、又兵衛はめずらしい光景に息を呑んだ。

小塚原の火葬場へつづく参道が一面、赤い椿の花で埋め尽くされていたのである。

落ちた花はみな、上を向いている。落とされた人の首を連想するらしく、武家の庭木には用いない。ただ、椿には霊力がある。櫛渕の死を惜しんで散ったのだろうと、おもわずにはいられなかった。

血まみれの訴状には、対馬藩の重臣と御用達の罪状が記されていた。一方、能見屋から入手したとおぼしき裏帳簿には、高麗人参の入荷日や荷高が克明に綴られてあった。

櫛渕が苦労して手に入れた裏帳簿を、父も目にしたかったことだろう。

もちろん、対馬藩の重臣が深く関わっている抜け荷の探索は、町奉行所が勝手にやってよいことではない。あくまでも、探索の主体は大目付である。だが、大目付は頼りなく、悪党どもは野放しにされてきた。

考えてみれば、又兵衛が本腰を入れるきっかけとなったのは、評定所留役の和久田伊織之介が持ちこんだ偽人参の探索であった。和久田は勘定奉行の守山豊後守に命じられ、町奉行所に助力を請うてきた。内与力の沢尻玄蕃がこれを受け、筒井伊賀守の名を借りて又兵衛にたいし、売り元を調べよとの密命を下したのだ。

偽人参の筋からたどり、真砂の徹蔵に行きつき、裏で糸を引く能見屋や対馬藩の重臣を探りあてた。だが、鳥追のおつたに導かれて元首斬り役人の塚本彦松と出会わなかったら、沢尻の指示どおり、途中で探索は止めていたにちがいない。元吟味方同心の櫛渕平九郎によって、十二年前にも対馬藩の重臣と御用達の関わった抜け荷を父が追っていたものと判明した。長い空白の年月を経て、探索の襷は父から子へ受け継がれたのだ。

これを因果と呼ばずして何と呼ぶべきか。

又兵衛は丸一日掛かって、一心不乱に裏帳簿の写しをつくった。

上役は頼らぬと腹に決めていたが、裏帳簿は不正の証拠となる。

三度目の正直があるかもしれぬと踏み、一睡もせずに奉行所へ出仕した。

櫛渕の死から三日後のことである。

出仕早々、廊下の向こうから山忠に声を掛けられた。

「はぐれ、おぬし、何をやった」

「はあ」

とぼけてみせると、山忠は性悪な笑みを浮かべた。

聞けば、御奉行の筒井伊賀守が大目付の水野若狭守に城内で叱責され、その理由が大手御門前で対馬藩の藩士が焼き芋屋の親爺を斬った件に関わるものだったという。

山忠だけでなく、吟味方与力の鬼左近もやってきた。

「おぬし、その場に居合わせたそうではないか。しかも、焼き芋屋の亡骸を掻き抱き、涙を流しておったとか」

鬼左近が威嚇するように発すると、山忠も同調してみせた。

「焼き芋屋を茶毘に付したとも聞いたぞ。いったい、そやつは何者なのだ。おぬしの知りあいか」

ふたりとも、好奇心丸出しで問うてくる。

御奉行が大目付に叱責された真の理由を知りたいのだろう。

　又兵衛は、ぼそっと言った。

「あの御仁は、それがしの恩人にございます。名を申しあげれば、おもいあたる節もおありかと」

「もったいぶらずに申してみよ」

　鬼左近に問われ、又兵衛は胸を張った。

「櫛渕平九郎どのにございます」

「ん」

　何故か、ふたりは押し黙る。

　落としの平九郎と呼ばれた同心を知らぬはずはなかろう。十一年前に父が亡くなった出来事と櫛渕が職を辞した経緯については、いまだに釈然としないことが多く、自分たちなりにおもうところがあったのかもしれない。

　又兵衛はふたりの戸惑いを見抜き、胸を張ってつづけた。

「櫛渕どのは蠟涙集めに勤しみながら、対馬藩の抜け荷をたったひとりで調べておられました。されど、ついに万策尽き、駕籠訴におよんだのでございます。命を落とされたのは涅槃会、父の命日でもありました」

「そうであったか、あの櫛渕がな」

鬼左近が感慨深げに漏らす。

かたわらの山忠も溜息を吐いた。

「落としの平九郎か。ついこのあいだおぬしにはなしたばかりであったのに、いつの間に知りおうておったのか。まあよい。与力のわしとて、あやつにはいろいろ教わった。節を曲げぬ男でな。吟味方の鑑であったと言うてもよい。おぬしの父も頼りにしておったわ。のう、永倉氏」

永倉こと鬼左近は、心なしか目を潤ませている。

「櫛渕が蠟涙集めに身を窶しておったとはな……知っておれば、手を差しのべておったであろうに。惜しい男を失ったわ」

黙りこむふたりにお辞儀をし、又兵衛は例繰方の御用部屋へ向かう。

さっそく、部屋頭の中村角馬が険しい顔で近づいてきた。

「平手、内与力さまがお呼びだ。おぬし、また何かやらかしたのか」

「またとは、どういうことです」

「噂に聞いたぞ。大手御門前で、何やら禍事に関わったそうではないか。いったい、何があった。わしは部屋頭として、是非とも聞いておかねばならぬ」

中村に経緯を喋れば、噂は尾鰭をつけてひろまってしまう。

又兵衛は黙りを決めこみ、縋りつく相手を振りきるように部屋から出た。

廊下を渡る足は重い。だが、懐中には裏帳簿の写しを仕込んでいた。

御用部屋へ踏みこむと、沢尻は仏頂面で待ちかまえている。

「おぬし、いったい何をやっておる」

座りもせぬうちから、厳しく叱責された。

「御奉行が城内で大恥を掻かされたのだぞ。理由はな、町奉行所の与力風情が対馬藩の内情を探っておるからにほかならぬ。水野若狭守さまはな、大目付の領分を侵されたとお怒りなのじゃ」

又兵衛はその場に座り、落ちついた口調で問い返す。

「伊賀守さまはお叱りをお受けになり、どうなされたのでしょうか」

「のらりくらりと受けながし、謝罪もなされなかった。事の中味を吟味したうえで、あらためて謝罪に伺うと仰せになったのじゃ」

さすが、筒井伊賀守、昌平黌きっての秀才と噂されるだけあって、目上の重臣に叱責されても安易には謝らない。かえって、事の真相が表沙汰になるきっかけになるかもしれぬと、又兵衛は期待した。

「わしは探索を止めろと命じた。それでも、おぬしは止めぬ。挙げ句の果てには、大手御門前で訴人が断罪されるという禍事に関わった。若狭守さまがお怒りになったのは、対馬藩から願いの筋があったからじゃ。若狭守さまはわざわざ、おぬしの名を口にされたのだぞ」

対馬藩中老の梶谷将監にたいして、大手御門前で名を名乗った。梶谷はさっそく裏から手をまわし、若狭守のもとへ訴えたにちがいない。

もちろん、ただ訴えただけでは、取りあげられるはずもなかろう。城内での立ち話とは申せ、大目付が町奉行を叱るとはよほどのことである。能見屋に大金を用意させ、金の力で文句を言わせたのだ。あるいは、日頃から手懐けている幕閣の重臣に働きかけをおこなったのかもしれない。その際も、大金が飛び交ったことは想像に難くなかった。

沢尻は大目付から寄こされた手先のような顔をする。

「おぬしを御役御免にすれば、持ちあげた拳を下ろしてやると、対馬藩からも内々に言われておる」

「なるほど、それで、沢尻さまはどうなさるおつもりですか」

「さて、どういたすか」

沢尻は眉間に縦皺を寄せた。

「与力を御役御免にするのは、言うほど容易いことではない。無論、わしの一存では決められぬ。されど、先方の申し出を断れば、面倒なことになろう」

「面倒なこととは」

「さあ、わからぬ」

「幕閣のお歴々に大金をばらまき、筒井伊賀守さまを御役御免にしようとはたらきかけましょうかな」

「無礼なことを抜かすな」

沢尻は声を荒らげ、ぐっと首を差しだした。

「今一度聞こう。例繰方でおとなしゅうしておればよいのに、何故、おぬしはこの件にこだわるのじゃ」

又兵衛は背筋を伸ばし、沢尻をじっと睨みつけた。

「能見屋と対馬藩重臣の悪事は、十二年前からつづいております。当時の御奉行であられた根岸肥前守さまの密命を受け、抜け荷を調べていた吟味方与力がおりました。誰あろう、それがしの父にござります。そして、大手御門前で絶命したのは、当時、父のもとで探索に勤しんでいた吟味方の元同心にござります。臥薪嘗胆、悪党どもに引導を渡す機会を待ちつづけ、志なかばにして斃れました。それがしは因縁を感じ、この件に命を懸けようと決めたのです。それが、こたえにございます」

又兵衛は膝行し、懐中から裏帳簿の写しを取りだした。

「これをご覧ください」

沢尻は裏帳簿を手に取り、ぱらぱら捲る。

「元同心、櫛渕平九郎が入手した抜け荷の証拠にございます」

裏帳簿をもって能見屋を捕縛し、対馬藩中老の梶谷将監と結託していた事実を吐かせればよい。落としの平九郎ならば、易々と能見屋を籠絡していたにちがいなかろう。その役目を誰かが引き継がねばならぬものの、例繰方の又兵衛が口書を取るわけにはいかなかった。いざとなれば裏で動くしかないと、又兵衛は覚悟を決めている。

沢尻が問うてきた。

「これは原本か」

「写しにございます」

「原本でなければ、評定の場では証拠にならぬぞ」

「裏帳簿は櫛渕平九郎が命懸けで手に入れたもの、原本を易々とはお渡しできませぬ」

「わしを信用できぬと。原本を渡さぬと申すなら、役を解くしかないぞ。よいのか、それでも」

脅しに怯むつもりはない。

「いかようにも。覚悟はできております」

「よし、ならば……」

沢尻が断を下そうとしたときだった。

後ろの襖が、すっと音もなく開いた。

白足袋の爪先が差しだされ、人影がのっそりはいってくる。

「あっ、御奉行」

沢尻は狼狽え、上座から転げおちた。

又兵衛も潰れ蛙のごとく、平伏すしかない。

筒井伊賀守は閉じた扇子を握り、立ったままで言った。

「さきほどのはなし、立ち聞きさせてもらった。平手又兵衛、大目付の領分を侵してでも、おぬしが探索にこだわった事情、しかと呑みこんだぞ。して、おぬしはどうしたいのじゃ」

疳高い声で問われても、又兵衛は顔をあげられない。

「面をあげて、こたえてみよ。ほれ」

御奉行に促され、ようやく顔を持ちあげた。

「父の無念を晴らしとうござります」

凛然と発してみせる。

咄嗟に口を衝いて出たことばだった。

筒井伊賀守は眸子を細め、じっくりうなずく。

「ならば、そうせい。あとの尻はわしが持つ」

冷静沈着な御奉行の台詞とはおもえなかった。

筒井伊賀守は侍大将の威風で言いはなち、くるっと背を向けて部屋から出ていく。

沢尻は口をぽかんと開け、惚けた顔で見送るしかない。

又兵衛は畳に額ずき、肩を震わせながら噎び泣いていた。

九

彼岸には五目寿司と精進揚げを食べ、牡丹餅をつくって近所に配った。

独り身の頃は考えられなかったが、主税の差配でおこなったことだ。

「常日頃から、ご近所さまとは仲良くせねばならぬ」

面と向かって諭されれば、抗うことばもなかった。

一方、対馬藩への対応については手を出しあぐねている。

筒井伊賀守は俠気をみせてくれたが、事はそう簡単ではなかった。

「重臣による抜け荷が露見すれば、対馬藩十万石も無事ではないのだぞ」

と、沢尻は困惑顔で言った。

他藩と異なり、対馬藩は長らく朝鮮半島との橋渡し役を担ってきた。それゆえ、幕府としては簡単に改易できぬはずだという。藩の体面を傷つけぬためには、悪事に関わった者たちを内々で処断するしかない。そのためには、藩主である宗義質公や江戸家老に事情を説かねばならぬが、それができるのは大目付の水野若狭守しかいない。

「とどのつまり、若狭守さまがその気にならねば、事態は動かぬ。わしの読みでは、御用達の記した裏帳簿だけでは動かぬとみてまちがいなかろう。となれば、残された手はひとつ、こちらで悪党どもをひとり残らず縄目にし、口書を取ったうえで評定所の判断に委ねるしかない。されど、例繰方のおぬしに、さような芸当ができるとはおもえぬ」

　何事もやってみなければわかるまい。

「御奉行も尻を持つと仰いました。それがしにお任せください」

　又兵衛が大見得を切ると、沢尻は渋々ながらも諾した。

　しかし、算段らしきものは浮かんでいない。悪徳商人の口を割らせるのが常道だろうが、危ういと察したのか、能見屋は店の奥に籠もったきり出てこなくなった。

　じりじりとした刻が流れるなか、好機は向こうからやってきた。

　沢尻に大見得を切った五日後、二十三日のことである。

　対馬藩から町奉行所へ非公式に、大手御門前における非礼なふるまいにつき、平手又兵衛に謝罪の機会を与えるゆえ、対馬藩の上屋敷まで足労せよとの申し入れがあったのだ。

「どういたす。わしは御奉行の名代として、許すわけにいかぬ。されど、おぬしが相手と刺しちがえる覚悟で参じると申すなら、止めるつもりはない。ただし、役を辞す旨、一筆書いてから参じるように」

　又兵衛は言われたとおりに一筆書き、指定された八つ刻（午後二時頃）に間に合うよう、下谷の対馬屋敷へ向かった。

対馬屋敷のそばには、三味線堀がある。

少しばかり猶予があったので、又兵衛は三味線堀へ立ち寄った。

土手の芹は萌え、土筆も顔を出している。このところは恵みの雨がつづいたせいか、水面には睡蓮が芽を伸ばしていた。

淵の魚影は卵を孕んだ雌鮒であろうか。

冷たい水を手で掬い、火照った額や頬を濡らす。

たったそれだけのことだが、気持ちを落ちつかせることはできた。

七年前、おつたと夜鳥の徹はここで心中をはかったのだ。

因縁のある三味線堀をあとにし、対馬屋敷へ向かう。

門番に用件を伝えると、四半刻（約三十分）ほど待たされた。

あらわれたのは梶谷将監に仕える深津陣内、駕籠訴におよんだ櫛渕平九郎を斬った用人頭である。

「平手又兵衛どのか」

「いかにも」

「謝罪にまいったのか」

「さようにござる」

「されば、あそこへ」

深津は門前から離れた道端を指差した。

どうしたわけか、筵が一枚敷いてある。

「藩邸に導かれるとでもおもうたか。ふん、甘いわ。あの筵に座り、門に向かって土下座せよ。言うとおりにいたせば、先般の非礼はなかったことにしてもよいと、梶谷さまが仰せじゃ」

「断ったら、いかがなさる」

「尋常に勝負してもよいぞ。ただし、わしに勝てるならな。命が惜しくば、尻尾を巻いて逃げるがよかろう。ぬはは、どうした、怖じ気づいたか」

小莫迦にされ、又兵衛はぐっと怒りを抑えた。

「能見屋から、それがしの素姓を聞いたようだな」

「さよう、能見屋はそうしたことに抜かりがない。おぬし、われらの周囲を嗅ぎまわっておるそうだな。隠密なら、斬られても文句はあるまい」

罠に掛けたつもりでいるのか、深津は余裕綽々の体で嘲笑う。

刺しちがえる覚悟の又兵衛にしてみれば、好都合な誘いかけだ。

「よし、わしに従いてまいれ」

深津に連れていかれたさきは向柳原の一角、群生する茅花が風に揺れる空き地である。

藩邸からは二町と離れておらず、稽古着姿の連中が木刀を打ちあっていた。

――ぱしっ、ぱしっ。

どうやら、対馬藩の藩士たちらしい。

ひとりの人物が背の低い石仏に座り、稽古の様子を眺めている。

中老の梶谷将監であった。

剣術の稽古に託け、大人数で脅しを掛けるつもりなのだろう。

相手の意図がわかり、又兵衛はごくっと唾を呑んだ。

深津が歩きながら、声を張りあげる。

「梶谷さま、不浄役人を連れてまいりました」

周囲を見渡しても、通行人らしき人影はない。

空き地に踏みこんでしまえば、虎穴に導かれたも同然だった。

藩士の数はおそらく、二十を超えていよう。

しかも、深津は相当な手練で、梶谷は槍の名手と聞いている。

いくら何でも、ひとりで立ちむかうのは無謀というものだろう。

長元坊に助っ人を頼めばよかったと悔いても、後の祭りだった。

「ふふ、逃げずに参ったな。褒めてつかわす」

梶谷は石仏に座ったまま、居丈高に言いはなった。

「大手御門前で駕籠訴におよんだくせもの、あやつは何者じゃ」

又兵衛は迷いもなく、胸を張って応じる。

「吟味方の元同心、櫛渕平九郎でござる。十二年前から、能見屋の抜け荷を探っておりました」

「ふん、やはりな。妙な鼠がちょろちょろ動きまわっておるのは、以前からわかっておったわ。このわしが裏で糸を引いておると嗅ぎつけたにもかかわらず、これといった証拠も得られず、万策尽きたあげく、駕籠訴におよんだ。そういう筋書きか」

「残念ながら、その筋書きは誤っております。櫛渕どのは能見屋から裏帳簿を手に入れておりました。それが抜け荷の動かぬ証拠となりましょう」

「いいや、証拠にはなるまい。評定所で取りあげられてこその証拠ゆえな」

嘲笑う梶谷には、余裕が感じられる。

「やけに自信がおありですな」

評定所の誰かに裏から手をまわしているのであろうか。

余裕綽々な梶谷の様子は、又兵衛の推察を裏付けていた。

「ともあれ、おぬしは邪魔だ。二度と粗探しはせぬと約束すれば逃がしてやってもよいが、あくまでも我を通すと申すなら、どさくさに紛れて死んでもらう。不浄役人ひとりを血祭りにあげたところで、どうとでも言い訳はできる。町奉行に事の次第を問われたら、だいじな稽古に乱入してきた乱心者を斬って捨てたと、申し開きすればよいだけのはなし。さあ、どうする。土下座して逃げるか、勝負して命を捨てるか、道はふたつにひとつぞ」

間髪を容れず、又兵衛はこたえた。

「信念を曲げてまで、生きながらえる気はござらぬ」

「よう言うた」

梶谷が手を叩くと、ほかの連中も同調して手を叩く。

「そのこたえを期待しておったがゆえ、おぬしを死地へ誘ったのじゃ。近頃は骨のない役人ばかりで、退屈しておったところでな。ひとりで来たということは、剣の力量に自信があるからであろう。されば、これは身分の垣根を越えた尋常なる果たし合い、命を落としても悔いはなかろうというもの」

梶谷はがばっと立ちあがり、すっと右手を突きあげた。

これを合図に、配下の者たちが円になって囲みをつくる。

「的はひとつじゃ。遠慮いたすな」

大声をあげたのは、後ろに控えていた深津であった。

又兵衛は遠くを静かにみつめ、みずからを明鏡止水の境地に導く。

低い空にはどす黒い雨雲が垂れ、鬢を嬲るように強風が吹いてきた。

「それっ、掛かれ」

深津の声に応じ、ふたりが左右から打ちかかってくる。

又兵衛は微動だにせず、腰の刀も抜かない。

「ぬりゃっ」

木刀が鼻先に伸びてきた。

すっと身を沈め、拳を突きだす。

「うっ」

さきに打ちかかってきた者に当て身を喰わせた。

巧みに木刀を奪い、もうひとりの面を割ってみせる。

ふたりが声もなく倒れると、ほかの連中は慎重になった。

梶谷が後ろで笑いあげる。

「ぬはは、これはこれは。深津よ、おもっていた以上に楽しめそうじゃ」

「さようですな。それがしもちと、やる気が出てまいりました」

「おぬしら、真剣を使え」

「おう」

梶谷の命に応じ、配下の連中は木刀を捨てる。

全身に殺気を漲(みなぎ)らせ、一斉に本身(ほんみ)を抜きはなった。

十

又兵衛も本身を鞘走らせた。

鈍(にぶ)い光を放つのは、父から受け継いだ和泉守兼定である。

「ぬおっ」

やにわに、ひとり目が大上段から斬りつけてきた。

又兵衛は刀を合わせず、横三寸の動きで躱すや、易々と相手の脇胴を抜いた。

ばっと、鮮血が飛散する。

肉を裂いた感触はあったが、臓腑まではいたってはいまい。相手に致命傷を与えず、戦意を喪失させてやるのだ。無益な殺生は避けるという一線だけは守りたかった。

「小癪な」

つぎからつぎへ、手練の配下たちが掛かってくる。又兵衛は横に跳び、相手の眉間や首筋を峰打ちにした。刃こぼれを避けるため、できるだけ刀を合わせぬようにする。相手の力量が格段に劣れば、そうした手管を使うこともできた。だが、ひとりで闘いつづけるのは、さすがにきつい。呼吸が乱れてくると、隙を衝かれる場面も増えた。それでも、敵の数を半分ほどに減らしたであろうか。梶谷が痺れを切らしたように、後ろから声を張りあげた。

「腰抜けどもめ、たかが鼠一匹に何を手間取っておる。深津、おぬしが引導を渡してやれ」

「はっ」

深津陣内が素早く襷掛けをし、正面から大股で近づいてきた。

櫛渕を斬った男だとおもえば、又兵衛も柄を握る手に力がはいる。

「ふん、なかなかやりよる。修めた流派を聞いておこうか」

「香取神道流」

「秘技は抜きつけの剣か」

「いかにも」

「ならば、その技をみせてみよ」

深津は撃尺の間合いを破り、挨拶代わりの突きを見舞ってくる。

——がつっ。

これを横薙ぎに弾くや、返しの袈裟懸けで袖を断たれた。

「ふん」

又兵衛は間合いを詰め、至近から上段斬りを浴びせる。

深津がこれを棟区で受けると、鎬を削る力競べとなった。

押しても引いても、相手はびくともしない。

さきほどまでの連中とは、力量に格段の差があった。

物腰から予想はしていたが、予想以上に深津は強い。

しかも、余裕がある。

「ほれ」

上から覆いかぶさるように、圧し斬りに圧してきた。

又兵衛は受けながら、下手に空かすこともできない。

空かした途端、眉間を割られるか、喉を剔られるはずだ。

それでも、又兵衛には柳のように粘り強い柔らかさがある。

腰をくねらせて相手の力を殺ぎ、逆しまに水平斬りを浴びせた。

「やっ」

「何のっ」

深津は鬢を裂かれても、怯まずに上段から斬りつけてくる。

「死ねっ」

又兵衛は片膝をつき、すっと身を屈めた。

つぎの瞬間、飛蝗のように跳躍する。

「そいっ」

跳びながら突きに転じ、相手の喉を串刺しにする。

それこそが奥義、抜きつけの剣であった。

深津は目を瞠り、身動きひとつできない。

おそらく、死を悟(さと)ったにちがいなかった。

又兵衛はしかし、大きく跳びすぎている。

間合いが近すぎ、白刃を翳すことができない。

突きだしたのは切っ先ではなく、柄頭(つかがしら)のほうであった。

「やっ」

深津の鳩尾(みぞおち)に柄頭を埋めこみ、白目を剝かせたのだ。

「ちっ」

梶谷将監が舌打ちし、ばっと片袖を断った。

管槍(くだやり)を左手に提(さ)げ、颯爽(さっそう)と身を寄せてくる。

黒光りした柄(え)をみれば、使いこんだ槍であることはわかった。

一方、又兵衛は肩で息をしている。

深津との一戦で、ほとんど力を使いはたしていた。

ただでさえ不利とされる槍との勝負で、互角に渡りあえる自信はない。

それでも、やらねばならぬという気力の片鱗(へんりん)だけは、いまだ胸中に燻(くすぶ)っていた。

梶谷が語りかけてくる。

「平手又兵衛、おぬしはようやった。されど、そこまでじゃ。何か言いたいことがあれば、冥土の土産に聞いてやってもよいぞ」

「されば、伺います。今から十一年前、それがしの父は番町の三年坂で何者かに斬られました。そのことを、おぼえておいでか」

「番町の三年坂か。たしかに、そんな出来事もあったな……ん、おもいだしたぞ。斬られたのは吟味方与力で、名はたしか平手又左衛門……なるほど、あのとき斬られた役人は、おぬしの父であったか」

「やはり、ご存じだったのですな」

又兵衛は、なかば期待しながら問いを重ねた。

「あなたが父を斬らせたのですか」

「ふふ、わしが斬らせたと言えば、今ここで仇討ちができたであろうに。残念じゃが、わしではない」

「ならば、誰なのです。ご存じなのでしょう」

問いかけながらも、息が苦しくなってくる。

大勢を相手に闘いつづけた疲労と、父の仇があきらかになることへの期待と、このまま死んでしまうことへの不安と、さまざまな感情が入りまじって、息継ぎすらもままならなくなったのだ。

梶谷のことばを聞き漏らすまいと、又兵衛は必死に耐えた。

「当時、わが藩の台所は火の車であった。早晩、立ちゆかなくなるのは目にみえておったゆえ、藩ぐるみで抜け荷に精を出したのじゃ。ただ、それでも足りなんだ。勝手掛を仰せつかっていたわしは、幕閣のとあるお方に泣きを入れた。すると、起死回生の策を授けてもろうたのじゃ」

朝鮮通信使来聘の名目で、幕府から無利子で五万両の貸与をおこなうという内容だった。そして、数カ月後、重臣の口利きで見事に五万両の貸与が実現し、そのことをきっかけに対馬藩の台所事情は好転したのだという。

「高くついたわ」

新藩主となって藩ぐるみの抜け荷は禁じられたが、梶谷は能見屋と結託して利幅の広い高麗人参の抜け荷を秘かにつづけ、私腹を肥やしてきた。ただし、抜け荷で得た膨大な利益の半分は、すべてのからくりを知るその人物に今も献上しつづけているという。

「十二年だぞ。わしはそのお方に、十二年も縛られてきたのじゃ」

「その者が、父を亡き者にしたのですか」

「ああ、そう聞いた。根岸肥前守の密命を帯びた吟味方の与力がおり、その者を消さねば枕を高くして寝られぬと仰せでな。されど、おぬしの父は剣客だった。下手に刺客は使えぬゆえ、策を講じて自分の手で殺ると仰った。じつに、頼もしく感じられたわ。そのお方もかなりの遣い手でな、甲源一刀流の免状をお持ちなのじゃ」

又兵衛は前のめりになる。

「誰なのですか、お教えください」

「ふふ、教えるのはまだ早いわ。おぬしが生死の間境にたどりついたら、そっと教えてやる」

「くそっ」

「そうじゃ、怒れ。わしを斬る気で掛かってこぬか」

梶谷はずんと踏みこむや、管槍の穂先で胸を狙ってくる。

「いやっ」

鋭い突きを躱した途端、足が縺れて尻餅をついた。

「ぬん」

すかさず、穂先が突きだされる。

これを刀で弾き、又兵衛は草叢を転がった。
立ちあがったところへ、顔面に穂先が伸びてくる。
「くっ」
身を沈めて躱すと、梶谷は槍を頭上で旋回させた。
――ぶん、ぶん、ぶん。
太い腕で槍をまわし、強固な柄で打擲を仕掛けてくる。
うっかり刀で受けるや、強烈に手が痺れた。
柄を握る力が弱っている。
このままでは、さきがみえていた。
もう駄目か。
弱気の虫が囁いたとき、梶谷が間合いを詰めてきた。
「死ぬがよい」
穂先で突きを繰りだすとみせかけ、柄で打擲に転じる。
又兵衛は受けた刀ごと、真横に一間余りも飛ばされた。
「終わりじゃ。ぬおっ」
最後の刺突を繰りだすべく、梶谷が猛然と迫ってくる。

と、そのときだった。

「待たれい」

空き地の向こうから、聞いたことのある声が響いた。

霞んだ目でみれば、陣笠の与力が軍配を掲げている。

背後には、捕り方装束の連中を大勢引きつれていた。

梶谷も配下たちも、信じられぬという顔で固まっている。

駆け足でやってきた陣笠の与力は、山忠にほかならない。

山忠のかたわらには鬼左近もおり、縄目にした能見屋藤右衛門と番頭の清吉を捕り方に連れてこさせた。

「平手よ、こやつらが悪事のあらましを吐いたぞ」

「……さ、さようにございますか」

驚く又兵衛の面前で、梶谷が口をもごつかせた。

「おぬしらは何じゃ。わしは対馬藩宗家、十万石の中老ぞ」

「そうはみえぬ。雄藩の重臣ともあろうお方が、大人数で町奉行所の与力を嬲り殺しにしようとするはずがない。おぬしは重臣の名を騙る狼藉者であろう。わしらの役目は、市中を騒がす狼藉者を捕縛することじゃ。文句があるなら白洲で聞いてやるゆえ、神妙に縛につけ」

「くうっ」

「抗うなよ。死人が出れば、藩は潰れるぞ」

そのひとことが効いたらしく、梶谷は槍を捨てた。

ここぞとばかりに、山忠が偉そうに発してみせる。

「平手、何をぐずぐずしておる。早う、縄を打たぬか」

打とうにも、縄など持ちあわせていない。

「あいかわらず、使えぬ男よのう」

山忠は縄を手に提げ、歩を進めてきた。

「山田さま、何故、お助けくださるのですか」

又兵衛の問いかけに、山忠はぎこちなく笑う。

「おぬしのためではない。これはな、平手又左衛門と櫛渕平九郎の弔い合戦じゃ」

筒井伊賀守の配慮にちがいないと、又兵衛はおもった。

ただし、山忠や鬼左近が同意したからこそ、これだけの捕り方を動かすことができたのだ。

今日ばかりは、感謝するしかなかろう。

だが、これですべてが終わったわけではなかった。

まさに、ここが生死の間境、父を斬った仇の名を聞いておかねばなるまい。

又兵衛は縄を手にぶらさげ、意気消沈する梶谷将監に近づいていった。

十一

夜、又兵衛は長元坊のもとを訪ね、怪我や痛みの治療をしてもらった。

手作りの料理は一風変わったもので、鮑の殻を用いた貝鍋に野菜を入れて煮る。野菜の旨味が滲みだしたら、野鴨の肉を載せて浅めに煮るという代物だ。鴨の脂身と千住葱を実にした吸い物も付いていた。ちぎり蒟蒻と合鴨を甘味噌で合わせた煮物もあり、どちらも相性は抜群で、口にしただけで生気が甦ってきた。

自分でも味に満足したのか、長元坊は機嫌がよい。

「美味えか」

「ああ、絶品だ」

「怪我はたいしたことねえ。ひと晩寝れば、けろりだぜ」

「すまぬな」

しおらしく謝ると、長元坊は決まりわるそうに横を向く。

「それにしても驚いたぜ。山忠と鬼左近が助っ人にあらわれるとはな。天地がひっくり返えってもあり得ねえはなしだ」

父の又左衛門と同じ釜の飯を食った仲だった。

「どうやら、それが理由らしい」

「今日を境に、おめえへの態度も変わるかもな」

「いいや、そうはせぬと、本人たちから釘を刺された。常日頃から上役を上役ともおもわぬ態度が気に食わぬそうだ」

「へへ、はぐれは、はぐれか。それを聞いて安堵したぜ」

「どうして安堵する」

「決まってんだろう、あんなやつらに好かれてほしかねえからさ」

長元坊は手酌で酒を注ぎ、ぐい呑みをかたむけた。

「ぷはあ、それで、対馬藩の重臣と悪徳商人はどうなる」

「きっちり裁かれるだろうさ」

梶谷将監は対馬藩に引き渡されたのちに切腹となり、能見屋は偽人参を売らせた廉で斬首となろう。

「肝心の抜け荷は表沙汰にされずか」

長元坊と同じで、又兵衛もその点は釈然としない。

「対馬藩の扱いはどうなる」

「うやむやにされような」

「そりゃねえだろう」

「御政道とは、そういうものさ」

幕閣のお偉方にとって都合の悪いことは、ことごとく隠蔽される。けっして、表には出てこない。まんがいち、表沙汰にしようとする者があれば、命を奪ってでも口を封じにかかるのだ。

「ふん、梶谷将監の後ろに本物の黒幕がいたとはな」

梶谷の口から漏れた名は、又兵衛が予想だにしない人物だった。

――勘定奉行、守山豊後守。

何と、それは評定所留役の和久田伊織之介に命じ、町奉行所へ偽人参の探索を依頼してきた張本人にほかならない。

又兵衛は、真砂の徹蔵に言われた台詞をおもいだした。

――塚本はな、おめえが殺ったようなものさ。

その意味がようやくわかったのだ。元首斬り同心の塚本彦松は、又兵衛が沢尻に徹蔵と能見屋の捕縛を頼んだ直後、責め殺されてしまった。こちらの動きが和久田を介して守山の知るところとなり、間者が潜りこんでいると疑われたのだろう。さっそく、そのことが能見屋経由で徹蔵に伝わり、以前から目をつけられていた塚本が責め苦を受けてしまったにちがいない。

今さら悔いても後の祭りだが、又兵衛は口惜しさを拭いきれなかった。

長元坊は舌打ちする。

「ちっ、密命を持ちこんだ野郎が悪事の黒幕だったとはな」

豊後守は御目付から遠国奉行を経ず、一足飛びに勘定奉行になった。調べてみると、父の又左衛門が亡くなった十一年前は大目付の配下で、中川飛驒守から重宝されていたようだった。

「中川飛驒守は十一年前、朝鮮通信使の応接役をつとめておられた」

その前後で対馬藩と繋がりをもったことは想像に難くない。

中川の懐刀だった守山も、その頃から梶谷や能見屋と通じていたのであろう。大名家を監視すべき立場の大目付やその配下が金の力で取りこまれていたのだとしたら、幕府としては捨て置けぬ一大事である。南町奉行の根岸肥前守は、そのあたりの疑惑に鋭く切りこもうとしたのかもしれない。

密命を下された又左衛門は意気に感じ、深いところまで調べを進めていった。されど、志なかばにして世を去った。探索が中断されたのをよいことに、守山と梶谷や能見屋の関係はつづき、守山は抜け荷で儲けた汚い金を使って出世街道を突きすすんだ。

勘定奉行になるためには、幕閣のお歴々に根回しするための莫大な軍資金が必要になる。軍資金を用意できたがゆえに、異例の早さで出世できたのだ。

守山豊後守は正義を捨て、出世の道を選んだ。おのれの欲望を満たすために、表沙汰にできぬような悪事を重ねてきたのであろう。しかも、出世の糸口となったのは、父の死だったのかもしれぬ。

又兵衛はそうした筋書きを描きつつ、沸騰しそうな怒りを抑えかねた。

「父上が生きておられたら、けっして許さなんだはず」

又左衛門や櫛渕平九郎の調べた髪下げの半六は、対馬藩の隠密だった。そもそものはじまりはそこだ。根岸肥前守は大目付と掛けあい、抜け荷の探索をつづけるように何度も依頼したが、仕舞いには拒まれ、独自で探索を続行せざるを得なかった。

一方、大目付の筋が肥前守の動きを察知し、又左衛門に近づいてきたとしても不思議ではない。悪の元凶だった守山が助力をちらつかせ、父を巧みに誘いだしたのだろう。

「そして、おのれの罪が露見せぬよう、父上を斬った」

「味方だとおもって、お父上は油断した。だから、背中を斬られた。うん、おめえの読み筋は当たっているぜ」

長元坊は、ふうっと溜息を吐く。

「でもよ、お父上を斬った守山が十一年も経って、忘れ形見のおめえに偽人参の探索を命じるか。そいつが偶然だったとしたら、お父上の執念が結びつけたとしかおもえねえな」

偶然でなかったとすれば、守山は何をやらせたかったのだろうか。

「もっと、能見屋から金を引っぱりたかったんじゃねえのか」

「どういうことだ」

「平手又左衛門の子なら、ある程度のところまでは調べるだろうと踏んだ。梶谷や能見屋に探索がおよぶ寸前で、自分なら止めさせられると持ちかけ、金を引っぱるという算段さ」

たしかに、そうした筋書きを裏付ける動きはあった。

又兵衛が真砂の徹蔵の悪事を暴き、能見屋にも探索の手を伸ばそうとしたとき、沢尻から待ったを掛けられたのだ。

ところが、守山の目論見（もくろみ）は外れた。

梶谷や能見屋は縄を打たれ、だいじな金蔓（かねづる）を失うことになった。

「平手又兵衛に白羽の矢を立てたのが、裏目に出たってはなしさ。ひょっとしたら、敵さんは怒り心頭に発しているかもな」

評定所留役の和久田がどこまで知っているのかもわからない。

考えてみれば、すべては頭で描いた筋書きにすぎなかった。

「確かめる手はあんのか」

「本人に聞いてみるしかあるまい」

「へへ、そういうこったな」

長元坊が舌舐（したな）めずりしてみせる。

「さあて、どうやって誘いだすか」

そこが思案のしどころ、又兵衛は冷めた安酒を喉に流しこんだ。

十二

三日後、日本橋の十軒店(じっけんだな)には雛市(ひないち)が立ち、神田鎌倉河岸(かんだかまくらがし)の豊島屋(としまや)では恒例の白酒を売りはじめた。桃も桜も蕾(つぼみ)は固いものの、暦(こよみ)が替われば一斉に開花する気配もある。

又兵衛は夕暮れの濠端を歩き、四谷御門から市ヶ谷御門へ向かっていた。

川面で毛繕(けづくろ)いをしているのは、怪我か病(やまい)で渡りをあきらめた鴨であろうか。

老いた辻番(つじばん)らしき男がひとり、淋しげに鴨をみつめている。

又兵衛も足を止め、夕陽が川面に溶(と)けていくさまを目に映(うつ)した。

男は土手に咲いた黄水仙(きずいせん)を摘んで束(たば)にし、三年坂のほうへ歩いていく。

追いかけていくと、男は坂下の片隅に黄水仙を置き、じっと両手を合わせた。

声を掛けずにはいられなくなる。

「もし」

遠慮がちに呼びかけると、男は驚いたように振りかえった。

「何をしておる」

「花を手向(たむ)けておりますが」

「ここで命を落とした者があったのか」

「斬られたお役人がおりました」

「もしや、十一年前のことではあるまいな」

「さようにございます……あの、お武家さまは」

「斬られた役人の子だ」

「えっ」

男は仰天し、尻餅をついてしまう。

又兵衛は手を差しのべ、男を立たせてやった。

「わたしは、あそこにみえる辻番の親爺でございます。十一年前の晩も、番所におりました」

亥ノ刻頃（午後十時頃）、箱火鉢のそばでうたた寝をしていると、障子を叩く者があった。何かとおもって障子を開けると、雨のなか、血達磨になった侍が俯せに倒れていたのだという。

「手の施しようもなかったのですが、血止めだけはいたしました」

別の番太郎を町奉行所へ走らせると、しばらくして数人の役人があらわれ、血達磨の侍を戸板で運んでいった。のちに簡単な調べがあり、花を手向けたあたりで侍が斬られたことを知った。斬った相手は捕まっておらぬが、辻斬りにやられたのだと、辻番は今でも信じているようだった。

「よろしかったら、お茶でも」

辻番のことばに甘え、通りを隔てたさきにある番所へ足を踏みいれた。

尻を下ろした上がり端からでも、道端に置かれた黄水仙がみえる。耳を澄ませば、人の声も聞こえてきそうなほどだが、夜更けともなれば一寸先も見通せぬほどの闇に包まれよう。

十一年前、居眠りをしていた辻番は、外で勃こっていることに気づかなかった。それは致し方のないことだ。

又兵衛は淹れてもらった茶を啜り、おもむろに問いかけた。

「父は何か言わなんだか」

「何も仰いませんでした。ただ」

「ただ」

「口惜しいと、目で訴えておられたような」

「さようか」

辻番はきれいな花をみつけると、父の霊を慰めるべく花を手向けるのだという。

自分の知らぬところで、十一年も地道につづけてくれたのだ。

それをおもうと、又兵衛は感謝の気持ちでいっぱいになる。

「こちらには、お父上のご供養でおみえになられたのですか」

辻番に問われ、小さくうなずいた。

「悲惨な出来事を忘れようと、長らく訪れたことがなかった。されど、やはり、運命には逆らえぬ。父の執念に導かれ、今宵、決着をつけるべく三年坂を訪れた」

又兵衛の尋常ならざる決意を察し、辻番は黙った。

「かたじけない。美味い茶を馳走(ちそう)になった」

立ちあがって頭(こうべ)を垂れると、辻番は床に両手をついた。

くいっと顔を持ちあげ、潤んだ眸子でこちらをみつめる。

「今宵、どのような凶事(きようじ)が勃(お)こっても、けっして口外はいたしませぬ」

心置きなく本懐を遂げてほしいと、その目は語っているかのようだった。

又兵衛はもう一度お辞儀をし、番所の外へ出る。

坂道を何度か上って下り、からだを温めた。

すでに、段取りは済ませてある。

長元坊に頼み、駿河台にある守山屋敷へ文を届けてもらった。

――三年坂で待つ。能見屋の裏帳簿が欲しくば足労せよ。

文面をみれば、こちらの正体と意図がわかるはずだ。

守山もおそらく、この一件に決着をつけたかろう。

そうであるならば、かならず来ると、又兵衛は確信していた。

陽が落ちると、夜はすぐにやってくる。

じりじりとしながら、どれほどの刻を過ごしたであろうか。

空には無数の星が瞬き、刃物のような月もみえる。

「真夜中の月か」

辻番の灯りは消えず、障子は固く閉じられたままだ。

かさっと枯れ草を踏む音がして、大きな人影があらわれた。

長元坊である。

「敵さんのお出ましだぜ。へへ、もうすぐ駕籠でやってくる」

「供人は」

「ふたりだ。弓を担いでいやがる。そいつらは、おれが何とかしておく。おめえは仇のことだけ考えろ」

「わかった」

「いいや、おめえはわかってねえ」

長元坊は、恐ろしい目で睨みつけてくる。

「こいつは仇討ちだ。どっちかひとりが地獄へ堕ちる。相手を斬らなきゃ、自分が斬られるだけなんだぜ」

又兵衛がうなずくと、長元坊はにっと歯をみせて笑う。

「じゃあな、仕損じるなよ」

闇に溶けていく友を見送り、又兵衛は道端で祈りを捧げた。

「どうか、お力を」

父の霊に囁き、三つ叉のまんなかへ進む。

守山を乗せた駕籠は三番町通りか表六番町通りをたどり、坂上までやってくるだろう。

供人ふたりはそこで分かれ、弓で狙いのつけやすい位置を探し、土手三番町の一角に隠れるはずだ。

敵の動きを頭で描きながら、又兵衛は息を詰めて待ちつづける。

「来た」

おもったとおり、三年坂の坂上から人影がひとつ下りてきた。

十三

守山豊後守は提灯で足許を照らし、三つ叉のまんなかまで近づいてきた。

からだつきは細身で丈があり、面灯りに照らされた顔は険しげに引きしまっている。

まちがいない、父の仇である。

三白眼に睨みつける目力は尋常でなく、対峙しただけで威圧された。

着流しの守山はなおも身を寄せ、疳高い声を発する。

「おぬし、ひとりか」

「いかにも」

又兵衛は単刀直入に問うた。

「十一年前、ここで父を斬ったのですか」

「さよう、平手又左衛門はわしを信じておった。根岸肥前守さまに偽人参の探索を依頼したのは、ほかならぬ、このわしであったゆえな」

梶谷と能見屋に探索をちらつかせ、完全に支配下に置くため、わざと町方に探索するよう仕向けたうえで、適当なところで探索を中止させ、おのが力を誇示せんとした。

「ところが、おもいのほか、おぬしの父は執念深かった。このままではいよいよ露見しかねぬとおもうたゆえ、始末したのよ」

「何故、ここで斬らねばならなかったのですか」

「はじめて出会った場所だった。雪のちらつく晩でな、いっしょに肩を並べて、夜鳴き蕎麦を食った。それがゆえに、落ちあう場所をここに決めたのだ。あの夜が三度目だった。おぬしの父は、わしのことを何ひとつ疑っておらなんだ。ふん、油断したのだ。それゆえ、わしに背中を斬られた」

又兵衛は、乾いた喉に唾を落としこむ。

「何故、とどめを刺さなかったのですか」

「刺そうとしたが、身を寄せた刹那、逆しまに腹を刺された。互の目乱の刃文が光ったのを、今でもようくおぼえておるぞ」

守山も深傷を負ったゆえ、逃れるので精一杯だったという。

刀を抜かずに斬られたとされていた又左衛門だが、傷を負いながらも抜刀し、納刀まで済ませていたことになる。遺(のこ)された兼定に血曇りも見当たらなかったため、朦朧(もうろう)とするなか、血振(ちぶ)りまでおこなっていたのかもしれない。

「翌日、おぬしの父が生きのびたと聞いてな、わしの名を誰かに漏らすかもしれぬとおもうと、夜もおちおち眠れなんだ」

「罪が露見するのを恐れたのですね」

「ああ、恐れた。されど、おぬしの父は身罷(みまか)り、わしのもとへ町奉行所から使者が訪れることもなかった。乱心した浪人者に斬られたと、秘かに噂を流したゆえな」

「助かったとおもわれたあなたが、十一年も経ってから、ふたたび、父のことを探ろうとした。何故です」

「今年になって、屋敷に矢文(やぶみ)が射(い)られたのだ。矢文には『おぬしの罪は知っている』とだけ記されてあった。同じ頃、能見屋から帳簿を盗まれたと告げられてな、おぬしの父が亡霊となって災(わざわ)いをもたらそうとしているとおもうた」

おそらく、矢文を射たのは櫛渕平九郎であろう。

「調べてみると、平手又左衛門の子も南町奉行所の与力として勤めておるという。わしは矢文との関わりを疑い、偽人参の探索に託(かこつ)けて、おぬしの出方を探った。おぬしが父の遺言を授かっておるのやもしれぬと、疑ったのだ」

守山は白い息を吐き、左右の掌を擦りあわせる。

「ふう、寒いな。あの夜もそうであったわ。あのときは雨も降っておったしな。ともあれ、おぬしの父の執念を、わしはずっと恐れておったのかもしれぬ」

「父の執念」

「ちと、喋りすぎたな。能見屋の帳簿は持ってきたのか」

「ここにござる」

又兵衛は襟を開き、懐中に挟んだ帳簿をみせる。

「よし、ならば手仕舞いにしよう」

守山は二本の指を咥え、ぴっと指笛を鳴らした。

供人に合図を送ったつもりであろう。

だが、矢は飛んでこない。

供人の代わりに、長元坊が暗がりからあらわれた。

手にした矢を二本まとめ、ばきっと膝の上で折ってみせる。

「ふん、仲間がおったか」

守山に動揺はない。

ぽんと、提灯を抛ってみせた。

めらめらと燃える炎が、父の居ない空白の月日を映しだす。

「三年坂で平手又左衛門の子を斬る。これもまた、運命やもしれぬ。父と同様、香取神道流を修めたのか」

「いかにも」

「腰の刀は」

「形見の和泉守兼定、刃文は互の目乱にござる」

「わしの腹を刺した得物じゃな。ふふ、古傷が疼いておるわ」

守山は左手で腹を擦り、そのまま刀の柄を握って抜刀する。

鞘走らせた本身は反りが深く、身幅の広い剛刀であった。

「備前長船長光、かの織田信長公も愛した名刀じゃ。ふふ、おぬしの父を斬った血曇りが、いまだ消えずに残っておるぞ」

そんなわけがない。動揺させるつもりだろう。

守山は甲源一刀流の遣い手、必殺技は胴斬りである。

突きや袈裟懸けは見せ技で、最後は胴を狙った水平斬りで仕留めに掛かるはずだと、又兵衛は冷静に読んでいた。

抜きつけの剣を繰りだすには、水平斬りよりも高く跳ばねばならない。
脛を失う恐怖に打ち勝ち、飛蝗のごとく高々と跳躍してみせるのだ。
正直、脛の一本くらいは失ってもかまわぬとおもっている。
「ぬおっ」
又兵衛は気合いを発し、兼定を抜きはなった。
「まいる」
守山はひとこと漏らし、正面突破の勢いで突きかかってきた。
切っ先が生死の間境を破り、鼻先へぐんと伸びてくる。
不思議なことに、白刃が止まってみえた。
刃が鬢を掠めても、まったく恐怖を感じない。
又兵衛の五体には、何かが宿っているかのようだった。
突きも袈裟懸けも易々と弾き、守山を追いつめていく。
――がつっ。
刃と刃がぶつかり合い、熾烈な火花を散らした。
その火花でさえも、美しいと感じる余裕がある。
守山の息は荒くなり、顔には焦りの色がみえた。

おそらく、つぎの一手で勝負は決するにちがいない。

二段突きから逆袈裟（ぎゃくけさ）、さらに、乾坤一擲（けんこんいってき）の払い胴。

又兵衛には、相手の手筋がはっきりとみえていた。

それゆえ、微塵（みじん）の迷いもない。

「ふりゃっ」

おもったとおり、中段から二段突きがくる。

一段目の突きを躱し、すっと、又兵衛は身を屈めた。

守山は二段目の突きをあきらめ、逆袈裟に転じる。

わずかな隙が生じた瞬間、又兵衛は地を蹴った。

「はっ」

高々と跳躍する。

羽（は）が生えたかのようだった。

「ぬえいっ」

払い胴がきた。

足下を白刃が擦りぬける。

狙いを定め、切っ先を振りむけた。

「お覚悟」

つぎの瞬間、兼定の切っ先が守山の左胸を貫いた。

「うっ」

肋骨の狭間から、刃は心ノ臓に達している。

又兵衛は柄から手を放し、地に舞いおりた。

「ぐわああ」

守山豊後守は絶叫し、海老反り(えびぞ)に倒れていく。

又兵衛はゆっくり近づき、兼定を引きぬいた。

ばっと、鮮血が噴きあがる。

返り血を浴びても、又兵衛は動じない。

樋(ひ)に溜まった血を振り、懐紙(かいし)で本身を拭う。

もはや、とどめを刺す必要はなかった。

すでに、守山豊後守はこときれている。

かっと瞠った双眸(そうぼう)は、十一年前の凶事をみているのだろうか。

ひょっとしたら、おのれの最期を予期していたのかもしれぬ。

「又、平気か」

長元坊に呼ばれ、又兵衛は我に返った。

「ほとけの始末は、任せてほしいとよ」

番所のほうに目をやれば、白髪頭の親爺が深々とお辞儀をする。

かたじけないと、胸の裡で礼を述べた。

「父上、やりました……ほ、本懐を遂げました」

いくら語りかけても、黄水仙の置かれた道端から返ってくることばはない。

又兵衛は三年坂に背を向け、ふらつく足取りで歩きはじめた。

十四

守山豊後守は病死とされ、三年坂での出来事が表沙汰にされることはなかった。評定所留役の和久田伊織之介は裏の事情を知らなかったらしく、守山亡きあとも同じ役に留まっているという。

御奉行の筒井伊賀守にも内与力の沢尻にも呼ばれることはなく、山忠はあいかわらず、顔を合わせれば憎まれ口を叩く。

数日後、早朝。

又兵衛は義父の主税を連れて霊岸島（れいがんじま）へ向かった。

武家屋敷の塀越しにみえる白い花は、田打ち桜とも呼ばれる辛夷であろうか。新川を隔てた向こうにある大神宮の杜には、うっすらと霞がたなびいていた。

いつものように『鶴之湯』の暖簾を振りわけると、番台から庄介が挨拶してくる。

「……お、おはようございます」

掌で頰を押さえ、痛そうな顔をした。

みぬようにして通りすぎると、後ろから声を掛けられる。

「旦那、左下の奥歯がどうもいけねえ。ぐらぐらしやがって、ろくに物も嚙めやせん」

「ふうん、そうか」

「って、ちったあ労ってくだせえよ。女房も娘も知らんぷりを決めこんでいやがるんでさあ。まったく、世知辛え世の中だぜ」

板の間で着物を脱いでいると、庄介はわざわざ番台から下りてくる。

「日比谷の鯖稲荷へ行ってめえりやしてね、歯痛に効験のある御札をごっそり頂戴してめえりやした。旦那もよろしかったら、一枚どうぞ。籐籠のなかに入れておきやすから」

哀れな気もしたが、他人の歯痛の面倒まではみきれない。

「鯖稲荷と申せば、道中の無事を祈念(きねん)するお守りでもあろう」

隣で褌(ふんどし)を解きながら、主税がまともなことを言った。

旅をする予定もないので、又兵衛としては不用なお守りにすぎない。

「頂戴しておけ」

主税から偉そうに命じられ、はあと気のない返事を送る。

洗い場には誰もいなかった。

町奉行所の与力だけに許された一番風呂の特権である。

主税に掛け湯をしてやり、さっそく背中の垢(あか)を掻きだす。

「もそっと強う。ん、そこではない。もそっと右じゃ。いいや、ちがう。左じゃ、左……おお、そこじゃ。そこを掻いてくれ。ぬふっ、極楽じゃ」

面倒臭い義父だが、垢を掻かれて喜ぶ様子を眺めるのはよいものだ。

石榴口(ざくろぐち)に屈みこみ、乳色の湯気を掻き分けて湯船へ向かう。

爪先を入れると、とんでもない熱さに面食らったが、主税は平然と肩まで浸(つ)かり、すぽんと湯のなかに潜ってしまう。

いつものことだ。湯から顔を出すと、茹(ゆ)で蛸(だこ)と化している。

又兵衛はゆっくり腰まで浸かり、徐々に肩まで沈みこんだ。

「ぷふう」

からだの芯(しん)まで、じんじん痺れてくる。

この痺れがたまらぬのだ。

溜まった疲れが吹き飛んでしまう。

だが、長くは浸かっていられない。

うっかり長居すると、主税がのぼせてしまう。

これまでも何度か気を失い、庄介を慌てさせた。

石榴口から脱(ぬ)けだし、洗い場から板の間へ戻る。

ほかの客はまだ、ひとりもいない。

着物を纏い、庄介にひと声掛けて外へ出た。

帰りは亀島橋(かめじまばし)を渡り、八丁堀の露地裏をたどる。

ほどよい道程(みちのり)で、火照ったからだを冷ますにはちょうどよい。

屋敷まで戻ってくると、冠木門のまえに鳥追がひとり立っている。

おつたであった。

こちらをみつけ、深々とお辞儀をする。

門前までやってくると、主税が素っ頓狂な声で問うてきた。

「誰じゃ、おぬしの女房か」

「女房はあんたの娘です」

「ふん、浮気者め、怪しからぬやつだな」

主税は吐きすて、肩を怒らせながら屋敷のなかに消える。

おつたは、さも可笑しそうに笑った。

「ふふ、おもしろいお義父上であられますね」

「まあな」

おつたは旅装に身を固めている。

「旅にでも行くのか」

「はい、上方へまいります。知りあいがいるもので」

「なるほど」

「たぶん、もう江戸へは戻らぬかと。それゆえ、ご挨拶にまいりました」

「そうか、桜もみずに旅立つのか」

淋しいなと言いかけ、又兵衛は口を噤んだ。

静香がすがたをみせ、近づいてきたからだ。

「父上がこれをと」

手渡されたのは、庄介から貰った鯖稲荷のお守りである。

「それから、些少ですが、お気持ちだけ」

路銀の包みも添えてあった。

よくできた女房だ。

又兵衛はお守りと路銀を、おつたの手に握らせてやった。

おぬしのおかげで、父の無念を晴らすことができたのだ。

そうしたおもいを込め、じっとおつたの目をみつめる。

「道中の無事を祈っておるぞ」

「はい」

おつたは涙を拭き、こちらに背を向けて遠ざかっていく。

背中がみえなくなってしばらくすると、三味線の音色につづいて凛とした唄声が聞こえてきた。

鳥追の唄声につられたように、鳥の鳴き声が重なった。

――ちょっちい、ぴーつく、ちょっぴーつく。

「頬白ですね」

かたわらの静香が微笑み、特徴のある鳴き声をまねる。

「ちょっちいぴーつくちょっぴーつく、一筆啓上つかまつり候」

その恥じらうような笑顔さえあれば、これからも何とか生きていけそうな気がする。

「ちょっちいぴーつくちょっぴーつく、一筆啓上つかまつり候」

又兵衛も楽しげに、頬白の鳴き声をまねしてみせた。

この作品は双葉文庫のために書き下ろされました。

双葉文庫

さ-26-47

はぐれ又兵衛例繰控【四】

密命にあらず

2021年11月14日　第1刷発行

【著者】
坂岡真
©Shin Sakaoka 2021
【発行者】
箕浦克史
【発行所】
株式会社双葉社
〒162-8540 東京都新宿区東五軒町3番28号
［電話］03-5261-4818(営業部)　03-5261-4833(編集部)
www.futabasha.co.jp(双葉社の書籍・コミックが買えます)
【印刷所】
中央精版印刷株式会社
【製本所】
中央精版印刷株式会社

【フォーマット・デザイン】
日下潤一

落丁・乱丁の場合は送料双葉社負担でお取り替えいたします。「製作部」宛にお送りください。ただし、古書店で購入したものについてはお取り替えできません。［電話］03-5261-4822(製作部)

定価はカバーに表示してあります。本書のコピー、スキャン、デジタル化等の無断複製・転載は著作権法上での例外を除き禁じられています。本書を代行業者等の第三者に依頼してスキャンやデジタル化することは、たとえ個人や家庭内での利用でも著作権法違反です。

ISBN978-4-575-67081-3 C0193
Printed in Japan

坂岡真
帳尻屋始末
抜かずの又四郎
長編時代小説〈書き下ろし〉
訳あって脱藩し、江戸に出てきた琴引又四郎は闇に巣くう悪に引導を渡す、帳尻屋と呼ばれる人間たちと関わることになる。期待の第一弾。

坂岡真
帳尻屋始末
つぐみの佐平次
長編時代小説〈書き下ろし〉
「帳尻屋」の一味である口入屋の蛙屋忠兵衛と懇意になった琴引又四郎は、越後から女房を捜しにやってきた百姓吾助と出会う。好評第二弾。

坂岡真
帳尻屋始末
相抜（あいぬ）け左近
長編時代小説〈書き下ろし〉
善悪の帳尻を合わせる「帳尻屋」には奉行所が絡んでいる!? 蛙屋忠兵衛を手伝ううち、又四郎は〈殺生石〉こと柳左近の過去を知ることに。

坂岡真
帳尻屋仕置【一】
土風（つちかぜ）
長編時代小説〈書き下ろし〉
凶事の風が荒ぶとき、闇の仕置が訪れる——。蔓延る悪に引導を渡す、熱き血を持つ男たちの姿を描く痛快無比の新シリーズ、ここに参上！

坂岡真
帳尻屋仕置【二】
婆威（ばばおど）し
長編時代小説〈書き下ろし〉
小舟に並んだ若い男と後家貸しの女の屍骸。ただの相対死にとは思えぬ妙な取り合わせに不審を抱いた蛙屋忠兵衛は——。注目の第二弾！

坂岡真
帳尻屋仕置【三】
鈍刀(どんとう)
長編時代小説〈書き下ろし〉

両国広小路で荒岩三十郎という浪人と知りあった忠兵衛は、荒岩の確かな腕と人柄を見込み、帳尻屋の仲間に加えようとするが——。

坂岡真
帳尻屋仕置【四】
落雲雀(おちひばり)
長編時代小説〈書き下ろし〉

帳尻屋の仲間として、忠兵衛たちとともに数々の修羅場を潜ってきた不傳流の若武者琴引又四郎に、思わぬ決断のときが訪れる。

坂岡真
帳尻屋仕置【五】
凶賊
長編時代小説〈書き下ろし〉

両替商が押しこみに遭い一家惨殺という事件が起きた。賊の龍神一味を捜すよう命じられた忠兵衛は訪れた先で島帰りらしき男を見掛ける。

坂岡真
帳尻屋仕置【六】
吠え面(ほえづら)
長編時代小説〈書き下ろし〉

帳尻屋の仲間のおくうに縁談が持ちあがった。戸惑いつつも、おくうの幸せを願う忠兵衛だが直後に相手の男、三太郎が奇禍に遭い——。

坂岡真
帳尻屋仕置【七】
激突
長編時代小説〈書き下ろし〉

江戸市中が飢饉の影響で混迷を極めるなか、帳尻屋を襲う未曾有の大嵐。最凶の敵を相手にした空前絶後の闘い。結末はいかに——!?

坂岡真
照れ降れ長屋風聞帖【一】
大江戸人情小太刀
長編時代小説
長屋で仲人稼業のおまつの尻に敷かれる浅間三左衛門。しかしこの男、滅法強い！　江戸の粋と人生の機微が詰まった名作、待望の新装版。

坂岡真
照れ降れ長屋風聞帖【二】
残情十日の菊
長編時代小説
居合の達人と洗濯女の仲を取り持った浅間三左衛門。だが契りを結んだ後、男は姿を消した。行方を追う三左衛門は男の苛烈な運命を知る。

坂岡真
照れ降れ長屋風聞帖【三】
遠雷雨燕（えんらいあまつばめ）
長編時代小説
狙いは天下の越後屋——凶賊雨燕が再び蠢き出す。一方の越後屋にも言うに言えぬ秘密があった。三左衛門の人情小太刀が江戸の悪を撃つ！

坂岡真
照れ降れ長屋風聞帖【四】
富の突留札（つきどめふだ）
長編時代小説
突留百五十両を当てたおまつら女四人が賊に襲われた。庶民のささやかな夢を踏みにじる卑劣なカラクリを三左衛門の人情小太刀が斬る!!

坂岡真
照れ降れ長屋風聞帖【五】
あやめ河岸（がし）
長編時代小説
殺された魚問屋の主の財布から、別人宛ての遊女の起請文が見つかった。痴情のもつれを装って闇に蠢く巨悪を、同心の半四郎が追う!!

坂岡真

照れ降れ長屋風聞帖【六】

子授け銀杏

長編時代小説

照降長屋に越してきた剽軽な侍、頼母が身請け話の持ち上がっている芸者に惚れた。三左衛門らは一肌脱ぐが、悲劇が頼母を襲う。

坂岡真

照れ降れ長屋風聞帖【七】

仇だ桜

長編時代小説

幕臣殺しの下手人として浮上した用心棒は、三左衛門を兄の仇と狙う弓削冬馬だった!! 満開の桜の下、ついに両者は剣を交える。

坂岡真

照れ降れ長屋風聞帖【八】

濁り鮒

長編時代小説

齢四十を超えて初の我が子誕生を待ちわびる三左衛門に、空前の出水が襲いかかる!! 愛するおまつと腹の子を守り抜くことができるか。

坂岡真

照れ降れ長屋風聞帖【九】

雪見舟

長編時代小説

一本気な美剣士、天童虎之介と交誼を結んだ浅間三左衛門は会津藩の命運を左右する巨悪に共に立ち向かう。やがて涙の大一番を迎え——!

坂岡真

照れ降れ長屋風聞帖【十】

散り牡丹

長編時代小説

兇状持ちを追う隠密の雪乃は、浪人どもに絡まれたお忍び中の殿様を助け、一目惚れされる。探索のため殿様に近づく雪乃だったが——。

坂岡真
盗賊かもめ
照れ降れ長屋風聞帖【十一】
長編時代小説

幼子を人さらいから救った天童虎之介は父親の仏具商清兵衛と懇意になる。だが清兵衛には裏の顔が――。やがて神田祭りで異変が起こる!!

坂岡真
初鯨（はつくじら）
照れ降れ長屋風聞帖【十二】
長編時代小説

雛人形を抱く屍骸をみつけた三左衛門は、やがて御三家に通じる巨大な陰謀に巻き込まれていく。悪と戦う男たちの秘めた熱き信念とは――。

坂岡真
福来（ふくらい）
照れ降れ長屋風聞帖【十三】
長編時代小説

女隠密の楢林雪乃のもとへ、将軍直々に深川三十三間堂の矢競べに出場せよとの命が下る。秘めた恋情を胸に、海内一の弓取りに挑むが……。

坂岡真
盆の雨
照れ降れ長屋風聞帖【十四】
長編時代小説

浅間三左衛門は、友の仇を討つため浪々の身となった老侍山田孫四郎に出会う。ついに天敵を見つけ出したとき、その本懐は遂げられるのか――!?

坂岡真
龍の角凧（りゅうのかくだこ）
照れ降れ長屋風聞帖【十五】
長編時代小説

元風烈廻り同心八尾半兵衛は芝浜で凧を上げる童子、丸子龍一郎と心通わせる。のちに半兵衛は丸子父子の背負う苛烈な宿命を知ることに……。

坂岡真
はぐれ又兵衛例繰控【一】
駆込み女
長編時代小説〈書き下ろし〉

南町の内勤与力、天下無双の影裁き！「はぐれ」と呼ばれる例繰方与力が頼れる相棒と悪党退治に乗りだす。令和最強の新シリーズ開幕！

坂岡真
はぐれ又兵衛例繰控【二】
鯖断ち
長編時代小説〈書き下ろし〉

長元坊に老婆殺しの疑いが掛かった。南町の協力を得られぬなか、窮地の友を救うべく奔走する又兵衛のまえに、大きな壁が立ちはだかる。

坂岡真
はぐれ又兵衛例繰控【三】
目白鮫
長編時代小説〈書き下ろし〉

前夫との再会を機に姿を消した妻静香。捕縛した盗賊の疑惑の牢破り。すべての因縁に決着をつけるべく、又兵衛が決死の闘いに挑む。

佐々木裕一
新・浪人若さま 新見左近【七】長編時代小説
宴の代償
〈書き下ろし〉

出世をめぐる幕閣内での激しい対立。政への悪影響を案じる左近だが、己自身をも巻き込む大騒動に発展していく。大人気シリーズ第七弾！

佐々木裕一
新・浪人若さま 新見左近【八】長編時代小説
鬼のお犬様
〈書き下ろし〉

お犬見廻り組の頭に幼い息子を殺された御家人が、西ノ丸大手門前で抗議の自刃を遂げた。胸を痛めた左近は、真相を調べようとするのだが。